DU MÊME AUTEUR

AU TRIPODE

Attaquer la terre et le soleil, 2022 (Prix littéraire *Le Monde* 2022, Prix du Livre Inter 2023)

Le Petit Roi, 2023

Moi, le Glorieux, 2024

Le Temps des Crocodiles, avec des images de Kamel Khélif, 2024

Emma Picard, 2024

EN COURS DE RÉÉDITION

Le Pas suspendu de la révolte, Flammarion, 2017

C'était notre terre, Albin Michel, 2008

Un extrait de *Attaquer la terre et le soleil* a été publié
en avril 2021 par le quotidien numérique *AOC*,
que l'auteur et l'éditeur remercient pour ce soutien.

Illustration de couverture
Pasaje (2022), Martín Zanollo

Mathieu Belezi

ATTAQUER LA TERRE ET LE SOLEIL

LE TRIPODE

Une civilisation proliférante et surexcitée
trouble à jamais le silence des mers.
Claude Lévi-Strauss

(RUDE BESOGNE)

J'ai pleuré

je n'ai pas pu m'empêcher de pleurer quand nous sommes arrivés et que nous avons vu la terre qu'il allait falloir travailler

sainte et sainte mère de Dieu

des jours et des jours de voyage, à descendre la Seine et la Saône, et puis le Rhône sur des bateaux plats comme la main tirés par des chevaux qui prenaient leur temps, vous pouvez me croire, pendant que les hommes aux arrêts des écluses couraient faire ripaille dans les auberges, et que nous autres pauvres femmes profitions de ce répit pour changer de linge et torcher nos enfants, des jours et des jours je vous dis, jusqu'à ce que nous finissions par apercevoir la mer, la mer et sa lumière éblouissante qui claquait comme un drapeau au-dessus du port de Marseille

sainte et sainte mère de Dieu

et c'est dans un lazaret qu'on nous a parqués, nous autres naïfs migrants, et nous étions bien cinq cents là-dedans, cinq cents à chercher la frégate *Labrador* qui n'était pas à quai et qu'il a fallu attendre une bonne semaine, cinq cents à tromper notre impatience en déambulant dans les rues de Marseille, à s'attabler aux terrasses des cafés balayées par le mistral, à lécher les vitrines des magasins de nouveautés, jusqu'à ce qu'on nous annonce l'arrivée du bateau et qu'enfin nous puissions embarquer avec nos malles et tout un fatras de meubles et de quincaillerie

sainte et sainte mère de Dieu

des jours et des nuits de traversée sur ce *Labrador* qui tanguait comme une coquille, à se tenir le ventre et à vomir tous nos boyaux, avant de poser les deux pieds sur la terre d'Algérie, d'écouter les beaux discours d'un commandant

— Soyez sûrs, braves gens ici rassemblés, que le gouvernement de la République veillera sur vous comme un père veille sur ses enfants. Le jour comme la nuit, en toutes occasions il sera là pour vous donner un coup de main. Quoi qu'il arrive ne désespérez jamais du gouvernement de la République. Il a les yeux grands ouverts, l'oreille aux aguets de la moindre de vos plaintes, et il fera tout ce qui est en son pouvoir – absolument tout ! – pour que la rude besogne de chacun soit récompensée à son juste prix. Parce que vous êtes la force, l'intelligence, le sang neuf et bouillonnant dont la France a besoin sur ces terres de barbarie. Et que cette force, cette intelligence et ce sang neuf sont infiniment précieux

les beaux, les émouvants discours, suivis comme il se doit de roulements de tambours et d'applaudissements

— Vive la France ! Vive la France !

avant d'être partagés en deux groupes pour rejoindre au plus vite deux colonies agricoles tracées à l'aveugle par quelques fonctionnaires de malheur, et de quitter enfin Bône sur les prolonges de l'armée, et de suivre une route, que dis-je ! un vague chemin à travers champs et rocailles, sous le regard mauvais de gamins crasseux, de femmes cachant leurs bas instincts sous des guenilles criardes

— Ne les regarde pas, Caro

et avec mes paumes je bouchais les yeux de mes enfants, de peur qu'une de ces harpies leur jette un sort

— Mais maman on veut voir

— Vous avez bien le temps

pendant que des chiens tout en os hérissaient les mauvais poils qu'ils avaient encore sur le dos, et montraient leurs crocs pourris, et aboyaient en reniflant l'odeur vinaigrée des soldats

et il en a été ainsi toute la journée, jusqu'à ce que notre capitaine perché sur son cheval lève un bras au-dessus de sa tête et ordonne

— Halte !

c'était le soir, le silence du ciel s'assombrissait à ses quatre coins, et derrière notre colonne l'horizon était noir de nuages qui se chevauchaient, grimpaient les uns sur les autres pour mieux voir ces gens débarqués sans crier gare, c'était le soir mais il faisait encore jour, et dans ce jour qui se mourait on a vu les tentes militaires alignées sur au moins cinq ou six rangs, et on a compris que c'était sous la toile militaire de ces tentes qu'il faudrait vivre

jusqu'à quand sainte mère de Dieu ? jusqu'à quand ?

qu'il faudrait s'abriter du soleil, et de la pluie, et du vent sauvage gonflé de rugissements, et non pas sous le toit rassurant des maisons que le gouvernement de la République nous avait promises, qui seraient un jour construites, oh qu'on se rassure, un de ces jours prochains, mais qu'est-ce que ça voulait dire un de ces jours prochains ? qu'est-ce que ça voulait dire ? ne savions-nous pas que les jours, et les semaines, et les mois ne comptaient pour rien dans le temps de cette Afrique de malheur ?

il a fallu partager la tente avec une autre famille, des gens d'Aubervilliers tout autant rompus de fatigue que notre famille pouvait l'être, Henri, moi et nos trois enfants, ma sœur Rosette et Louis son mari qui toussait sans arrêt parce qu'il avait les poumons fragiles et que la poussière du voyage ne lui avait pas fait de bien

ensemble nous avons mangé les rations que les soldats distribuaient, des feux avaient été allumés aux abords du camp, et des gardes armés veilleraient jusqu'à l'aube sur notre sommeil, nous avait promis le capitaine

— Qu'est-ce qui pourrait nous menacer, capitaine ?

— Tout, mes amis, tout ce qui rôde, rampe, grogne, des bandes de pillards jusqu'aux vipères à cornes, en passant par ces lions du désert qui pullulent dans la région

la nuit est venue plus vite qu'elle ne vient en France, elle est tombée d'un coup, s'est étalée comme une flaque d'encre, noire, agitée, grouillante de bruits qui effrayaient les enfants, Caroline surtout réfugiée en tremblant contre mon ventre, pendant que mes deux garçons allongés tête-bêche sur des couvertures se retournaient sans cesse en questionnant

— Maman, est-ce que papa dort ?

— Je n'en sais rien

mais je savais bien qu'Henri ne dormait pas, j'imaginais

qu'il avait comme moi les yeux grands ouverts et qu'il commençait à se poser les questions que j'avais posées tant de fois avant de partir, des questions qu'il n'écoutait pas à l'époque, des questions qu'il balayait d'un revers de main parce que c'était pour lui des questions de bonne femme, et que ce n'était pas avec des questions de bonne femme qu'on allait de l'avant, mille dieux non ! s'exclamait-il en lissant sa moustache qu'il avait drue et pas toujours aimable

il était loin le paradis que le gouvernement de la République nous avait promis, et on n'était pas près de l'atteindre, nous tous entassés sous les tentes militaires au milieu de nulle part, dans ce trou perdu que l'autorité militaire avait osé appeler colonie agricole, on n'était pas près de l'atteindre, et peut-être qu'on ne l'atteindrait jamais, ce paradis tant vanté, peut-être qu'on ne l'atteindrait jamais parce qu'il n'existait pas, qu'il n'avait jamais existé et qu'il n'existerait jamais, tout au moins pas pour des gens comme nous

malgré moi j'ai senti mon cœur se serrer, ma poitrine se gonfler de tout le désespoir qui soudain me submergeait, j'ai serré les poings pour retenir les sanglots qui me secouaient, mais à quoi bon, les larmes qui s'accumulaient sous mes paupières avaient besoin de sortir, de couler, de se répandre sur mes joues à vif

alors j'ai pleuré, le visage enfoui dans le silence du traversin qui avait encore l'odeur du *Labrador*, affolée par le poids de cette trop grande solitude, trop grande, trop lourde, trop douloureuse pour moi, j'ai pleuré toutes les larmes de mon corps

sainte et sainte mère de Dieu.

■

Au matin le jour qui filtrait à travers la toile de tente était gris, c'est un bruit de gamelles qui m'a réveillée, et aussitôt j'ai enjambé les corps endormis et je suis sortie pour voir un peu à quoi pouvait bien ressembler cette colonie agricole, des deux mains je me suis frotté le visage que j'avais tout chiffonné, et j'ai regardé en écarquillant bien grand mes yeux de Française, tournant trois fois sur moi-même en cherchant quelque chose qui puisse attirer mon regard, me réconforter, chasser le poids de cette angoisse qui me coupait presque la respiration, mais je n'ai rien trouvé, et si je n'ai rien trouvé c'est parce qu'il n'y avait rien à voir, rien je vous dis, absolument rien

des broussailles, de la rocaille, et des nuages si bas qu'ils donnaient envie de disparaître sous terre

et puis devant moi cet alignement sinistre de tentes militaires qui n'avaient pas plus leur place dans ce désert qu'un cheveu dans une assiette de soupe, je me suis avancée entre les tentes, écoutant les ronflements des dormeurs et les gémissements des enfants plongés sans doute dans des rêves d'autrefois, ceux qu'ils avaient l'habitude de faire du temps pas si lointain où ils jouaient sous les préaux des cours d'écoles, j'ai frissonné, prise dans une rafale de vent si froid que je me suis réfugiée plus étroitement dans la laine qui me couvrait les épaules, j'ai levé la tête, observé ce ciel menaçant, ce n'était plus le temps d'hier, quelque chose avait changé, il faisait froid, les nuages noircissaient à vue d'œil et ne tarderaient pas à crever au-dessus de nos têtes

au fond du camp cinq ou six soldats étaient debout eux aussi, ils rallumaient les feux pour la cuisine, préparaient des marmites où nageait un brouet de viande, d'os et de pommes de terre, des pots de café fumaient déjà et répandaient dans l'air une odeur que je connaissais bien

— Vous voulez du café, ma p'tite dame ?

je me suis approchée et un soldat m'a tendu une timbale en fer-blanc dans laquelle il venait de verser un fond de café, enfin un liquide noirâtre qu'il appelait café, qui en avait l'odeur mais pas le goût, et que j'ai bu quand même parce que c'était chaud, et que ce chaud m'a fait du bien tout au fond de mon corps, là où pesait comme un morceau de glace l'angoisse qui ne me lâchait plus

je l'ai remercié et j'ai continué mon chemin, laissant ces soldats commenter ma visite avec des mots que je préférais ne pas entendre, l'un d'eux a éclaté de rire, et à ce moment-là je me suis retournée avec une espèce de rage qui m'était soudain montée au visage et qui était, je le sentais bien, tout près d'éclater

— Qu'est-ce qui vous fait rire ?

— C'est pas de vous qu'on se moque, m'dame, c'est pas de vous

a répondu le soldat qui avait ri

j'ai haussé les épaules et j'ai continué mon chemin, il commençait à pleuvoir, de grosses gouttes froides claquaient sur la toile tendue des tentes, j'en ai reçu deux ou trois en plein visage, et je me suis penchée en avant pour éviter les autres, les bras serrés autour de ma taille, les ongles enfoncés dans les paumes de mes mains pour faire passer cette rage qui ne servait à rien.

■

Il a plu sans discontinuer une semaine entière, des trombes d'eau mauvaises qui s'infiltraient partout, qui nous empêchaient de sortir, de mettre seulement un orteil dehors, coincés sur nos paillasses nous n'osions plus bouger, nous regardions des heures durant la pluie s'infiltrer à travers la toile trempée de la tente qui était pourtant notre seul abri et goutter sur nos affaires, sacs, couvertures, chaussures, mouiller nos cheveux qui n'étaient plus jamais secs, couler dans notre cou, entrer par les pores de la peau dans le gras de nos chairs et prendre possession de nos membres, des os de nos membres que nous ne sentions plus tant le froid les avait raidis

et lorsque les hommes sont sortis, je dis les hommes et ils étaient trois, Henri, Louis et le vieux d'Aubervilliers, lorsqu'ils sont sortis pour creuser un trou, faire du feu et essayer de réchauffer ce que nous transportions dans nos sacs depuis la France, notre famille aussi bien que celle d'Aubervilliers, saucissons, jambons, et le lard que mon père nous envoyait tous les ans d'Auvergne, il leur a fallu une éternité pour confectionner une sorte de ragoût avec la viande et les pommes de terre que j'avais emportées par précaution, à cela la femme d'Aubervilliers a voulu qu'on rajoute les navets qu'elle avait achetés à Marseille, par précaution elle aussi

et huit jours, que dis-je? dix jours durant il en a été ainsi, la pluie tombant sans cesse sur notre colonie qui n'était plus qu'un amas de tentes trempées sur le point de s'envoler sous les coups de boutoir du vent, qu'il fallait sans cesse rafistoler, consolider pour qu'elles ne s'écroulent pas dans la boue infecte, et l'urine, et la merde, parce que nos enfants paralysés de peur n'avaient pas d'autre solution que de s'accroupir aux quatre coins de la tente pour se soulager, et bientôt l'odeur est devenue insoutenable, irrespirable dans notre tente comme dans toutes celles où des enfants demeuraient coincés jour et nuit

une fois par jour, en compagnie de Rosette et de Célestine, la femme d'Aubervilliers qui en quelques jours de vie commune était devenue comme une sœur, toutes trois nous tenant par la main et avançant en aveugles sous la pluie battante, une fois par jour et parfois deux j'allais uriner derrière un buisson, et pendant que j'étais accroupie, les yeux clos et comme en prière sous le capuchon de ma pèlerine, je m'efforçais de croire que tout ça n'était qu'un mauvais rêve, et que pour en sortir il me suffisait de rejeter les draps qui me couvraient et le cauchemar prendrait fin, la pluie, le froid, la boue, les odeurs pestilentielles de nos corps à l'abandon, tout allait cesser d'un coup, Ne t'en fais pas Séraphine, tu es en train de rêver, tu rêves ma fille, tu rêves, allons réveille-toi, et tu verras que tu n'as Dieu merci jamais mis les pieds sur la terre de cette colonie de malheur, et j'ouvrais d'un coup les yeux, et je voyais d'un coup que je ne rêvais pas, et la réalité était si épouvantable que les larmes noyaient mon visage déjà dégoulinant de pluie, des fois je tombais à la renverse dans la boue, tendant les bras pour me raccrocher aux branches du buisson, et vautrée dans cette boue je me serais laissée mourir si ma sœur et Célestine n'étaient pas venues me secourir, mais à chaque fois elles se précipitaient à mon secours, me redressaient en passant chacune un bras sous mes épaules

— Séraphine, je t'en prie, sois forte

criait Rosette, et sa voix de sœur si familière mettait du temps à traverser le rideau de pluie, elle était obligée de me secouer, de frotter avec ses paumes de lavandière mes joues glacées

— Reprends-toi

oui, il fallait que je me reprenne, que je retrouve la volonté de lutter, si ce n'était pas pour moi qu'au moins je lutte pour mes enfants qui ne demandaient qu'à vivre, qu'à passer ce mauvais cap à l'abri de mes bras de mère qui leur étaient tout autant nécessaires que le ventre d'une chienne pour ses trois chiots

alors je me cramponnais à la taille de Rosette et au bras de Célestine, et toutes les trois nous rentrions en pataugeant dans la boue liquide de cette terre maudite qui à chacun de nos pas cherchait un moyen de nous faire trébucher, de nous renverser, et peut-être même de nous étouffer dans l'épaisseur de son affreux bouillon, peut-être même de nous faire disparaître dans les profondeurs de ses enfers, disparaître corps et biens, broyées, hachées menu, digérées, tant j'étais sûre et certaine que notre place n'était pas ici, qu'elle n'avait jamais été ici, et qu'elle ne serait jamais ici

sainte et sainte mère de Dieu

et ce n'est qu'arrivée sous la tente que je reprenais mon souffle et mes esprits

sainte et sainte mère de Dieu

j'essuyais mon visage noyé de pluie, rouvrais les yeux, et instinctivement tendais les bras à mes enfants, les serrais contre moi aussi fort que j'en avais la force

qu'est-ce que je pouvais faire d'autre ?

■

Et trois mois durant le mauvais temps nous a forcés à demeurer terrés sous nos tentes militaires qu'il fallait raccommoder, rapiécer, consolider au moyen de cordes et de piquets, tant le vent et la pluie les malmenaient du matin au soir

terrés comme des porcs dans leurs bauges, les mains et le visage noircis de crasse, les cheveux en bataille, crottés jusqu'au ventre sans qu'il soit possible de se débarrasser de cette crotte, les boyaux douloureux, nauséeux, constamment attaqués par la ratatouille que nous distribuaient les soldats et par les odeurs infâmes que dégageaient nos corps abandonnés à eux-mêmes, odeurs de pisse, de merde, de sueur, de chair humide qui macère sous l'accumulation des hardes jamais lavées

c'était comme si chacun de nous, pauvres et naïfs apprentis colons à peine débarqués, était déjà en train de pourrir et de se décomposer et dans ses tournées d'inspection le capitaine avait beau nous répéter

— Tenez bon, mes amis, le printemps arrive !

grelottant de fièvre et de désespoir nous perdions chaque jour un peu plus de ce qui nous restait de dignité

et pourtant le capitaine avait raison, le printemps a fini par arriver, et avec lui des soldats du génie envoyés par Alger pour nous venir en aide et prendre en main les travaux de construction de nos maisons, enfin de ce que nous avons bien voulu appeler maisons pour nous remonter le moral, mais qui n'étaient que des baraques en planches qu'il a fallu partager avec d'autres familles

le vent, la poussière, le soleil et la pluie entraient sans se gêner dans ces cabanes, tant les planches mal jointes nous protégeaient mal, et les interstices à travers lesquels les célibataires se rinçaient l'œil nous privaient de toute intimité, heureusement que c'est avec la famille d'Aubervilliers qu'on s'est installés, rester ensemble tout un hiver sous la même tente ça crée des liens, et c'était un moindre mal d'avoir à partager le quotidien de Célestine, de son vieux père et de ses deux garçons

sur le bois à peine équarri, qui sentait bon la sève, nous avons traîné nos paillasses, notre buffet bien mal en point, les deux chaises qui nous restaient, les autres avaient été volées, et notre pauvre linge humide et moisi, mais je ne saurais dire pourquoi lorsque j'ai ouvert les yeux un matin d'avril, reposée comme on doit l'être après une vraie nuit de sommeil, je me suis sentie enfin rassurée, presque heureuse à l'abri de ces planches, il faisait beau, le ciel était dégagé d'un bord à l'autre de l'horizon, et le soleil de ce jour naissant dorait le toit des maisons comme si lui aussi nous voulait du bien

sainte et sainte mère de Dieu qui venez à notre secours, soyez remerciée

l'air avait la transparence et la pureté inégalable du cristal, et dans cette transparence le bruit des scies et des marteaux, les cris des oiseaux, les appels incessants des hommes avaient des résonances de cathédrale

Henri et Louis finissaient de clouer la porte qui nous mettrait enfin à l'abri de tout, des lions du désert comme des yatagans des barbares, je me suis avancée, ai touché le bois de la porte plus solide que tout le reste, comme si j'avais besoin de me rassurer, et en poussant un soupir de soulagement je leur ai demandé

— Vous voulez du café ?

— Bien sûr

ont-ils répondu d'une même voix

sachant qu'à présent j'aurais été bien incapable de moudre un seul grain de ce café de France dont nous avions épuisé durant l'hiver notre maigre réserve, et que je n'avais d'autres ressources que de verser de l'eau chaude sur un marc d'orge grillé, ce que j'ai fait en coinçant la casserole entre les pierres du foyer qui nous servait de cuisinière, et puis j'ai réveillé le feu avec des branches sèches, et en attendant que l'eau bouille j'ai regardé autour de moi cavaler des geckos, aller et venir en file indienne une colonie de fourmis, et s'agiter d'autres insectes qui n'avaient pas de nom pour moi, que je n'avais jamais vus et qui pourtant semblaient exister depuis des temps plus reculés que celui de ma naissance

et je comprenais que ma vie avait tourné en rond dans un tout petit monde, et que sur terre il existait bien d'autres mondes que ce petit monde là, que je le veuille ou non je n'en étais pas le centre

l'eau a fini par bouillir au fond de la casserole chauffée à blanc, j'ai versé cette eau fumante dans la chaussette et il en est sorti un jus noir, aussi noir que du café, mais sans en avoir ni le goût ni la force, tant pis c'était bon quand même, et ça réchauffait au moins le ventre

je leur ai porté à chacun un bol, et quand ils m'ont vue arriver ils ont aussitôt lâché marteau et pointes, et en secouant la tête se sont assis sur la marche

— Qu'est-ce que tu en penses, Séraphine ?

m'a demandé Henri

— De quoi ?

il a fait un geste large avec le bras

— De ça, de cet endroit où nous avons atterri

— C'est une terre qui me fait peur

j'ai crispé les paupières pour ne plus rien voir, l'espace d'un instant des frissons m'ont parcouru le dos, mes mains se sont mises à trembler, et mes mâchoires à se serrer l'une contre l'autre, comme si une puissance mystérieuse descendue du ciel ou venue de je ne sais quels abîmes cherchait à me mettre en garde

— Je ne vois pas pourquoi

m'a répondu Henri, et sans doute n'était-il pas le seul à ne pas voir pourquoi c'était une terre qui me faisait peur

m'ébrouant d'un coup de reins j'ai rouvert les yeux sur la lumière bienveillante de ce jour, et sans rien ajouter j'ai récupéré les bols, et laissé les deux hommes s'échiner sur cette porte pendant que j'allais rejoindre ma sœur qui avait déjà une bassine de linge sale sur son épaule, j'ai pris l'autre, l'ai coincé contre ma hanche, et l'une derrière l'autre nous avons rejoint les femmes qui avaient elles aussi du linge à laver, elles discutaient avec les soldats qui étaient chargés de nous escorter, riaient, cambraient les reins devant ces gamins qui avaient à peine vingt ans

— Alors, mesdames, on y va ?

on était prêtes, pas très rassurées, mais enfin il fallait bien aller laver le linge à la rivière, cet oued lunatique qui entrait en furie au moindre orage, et encadrées par six fusils chargés on est descendues jusqu'au bord de l'eau, et agenouillées dans le sable on a trempé chemises, pantalons et autres affaires miteuses dans l'eau limpide du courant qui cascadait sur les cailloux, ne nous préoccupant plus des soldats que leur chef tenait à distance de nos croupes offertes

je ne pouvais pas m'empêcher de jeter à droite et à gauche un œil inquiet sur la masse de rochers et d'arbustes qui nous surplombaient, dans l'air immobile, dans cette lumière faussement bienveillante qui endormait les sens je me tenais prête à signaler aux fusils des soldats la moindre chute de pierre, le mouvement d'une branche, l'éclat fugitif de la lame de quelque yatagan à l'affût, parce que chacune de nous, pauvres femmes, et moi plus que les autres sans doute, avait en mémoire ce qui était arrivé à Germaine, partie toute seule laver son linge en répétant à la cantonade qu'il n'était pas né celui qui l'empêcherait de faire sa lessive, qu'elle en avait vu des bons à rien, des traîne-savates, des surineurs, et que ce n'était pas un Arabe au ventre creux qui allait l'impressionner

eh bien, elle avait vu, sainte mère de Dieu

une bande de guenilleux s'était ruée sur elle au moment où elle rinçait son linge, sans qu'elle ait le temps de se retourner, sans qu'elle puisse seulement pousser un cri, c'était comme si ces chiens de barbares étaient tombés du ciel d'Allah, et avec leurs yatagans ils lui avait percé le cœur, sorti les yeux de la tête, réjouis sans doute de voir les deux yeux rouler comme des billes dans le sable, puis ils l'avaient éventrée, presque partagée en deux de la gorge à l'entrecuisse, et leurs mains féroces avaient retiré du ventre tous les boyaux qui s'y trouvaient, déroulant sur des mètres les tripailles sanguinolentes de l'intestin, et puis ils avaient fini par lui couper la tête, et sans doute l'avaient-ils emportée parce qu'on ne l'avait pas retrouvée, son mari, nous tous avions eu beau chercher, la tête de Germaine était demeurée introuvable

sainte et sainte mère de Dieu

et il avait fallu enterrer le corps sans la tête, et je me souviens que le mari à genoux au-dessus de la tombe avait fini par se jeter dans le trou pour étreindre le cercueil, apostrophant le ciel africain et jurant qu'il tuerait de ses mains ceux qui avaient décapité sa femme

— Je les tuerai ! De mes propres mains je les tuerai !

criait-il

deux soldats avaient été obligés de descendre le chercher, et il avait fallu l'assommer pour le remonter à la surface, tant sa fureur était grande

le trou avait été rebouché avec des pierres et de la terre, et le capitaine avait fait planter une croix de bois, dans le champ choisi pour servir de cimetière c'était la première croix, la première croix d'un colon mort je veux dire, parce que deux soldats avaient succombé à leurs blessures depuis notre arrivée, mais étaient enterrés dans la partie réservée aux militaires

et ce jour-là, ce matin de mars transparent, nous avons remonté tranquillement le chemin qui conduisait à la colonie, nos bassines de linge propre sur la tête pour nous protéger du soleil, il faisait chaud, la sueur de nos reins inondait nos chemises, et nous avions les joues rouges, les lèvres sèches, la poitrine qui cherchait son souffle, mais l'une d'entre nous a quand même trouvé le courage de fredonner une chanson de France que les soldats qui fermaient la marche ont reprise en chœur

en avait-on fini avec nos malheurs ?

il y avait dans nos cœurs de femme des désirs tout neufs que la lumière du printemps avivait, et ces désirs circulaient dans nos veines comme une sève bouillonnante, désir de remuer la terre, de semer, de récolter, désir de bâtir, et par-dessus tout le désir de plaire à son homme et de lui faire des enfants

et en voyant la palissade que les soldats dressaient tout autour de la colonie il m'est venu l'envie de crier ma joie, une main posée sur ma poitrine, une autre sur mon ventre j'ai retenu comme j'ai pu ce cri, et en regardant ma sœur j'ai constaté qu'elle aussi était au bord des larmes, qu'elle avait les yeux qui brillaient comme devaient briller les miens à cet instant

en avait-on fini avec nos malheurs ?

(BAIN DE SANG)

Nous ne sommes pas des anges

le capitaine n'a cessé de nous le brailler dans les oreilles, et nous le braille encore

— Vous n'êtes pas des anges !

pendant que le soleil dégringole derrière l'horizon et que montent au ciel les alouettes sorties des lentisques et des palmiers nains

— Bordel, m'entendez-vous quand je vous dis que vous n'êtes pas des anges !

comme si nous étions sourds, et débarqués de la dernière pluie, et encore tout empotés sous le joug du barda militaire, alors que depuis notre débarquement à Sidi-Ferruch nous en avons fait du chemin, mis le feu aux villages, tranché des têtes, éperonné le ventre de pas moins de cent mille femelles et troué à la baïonnette combien de centaines de milliers de poitrines barbares ? combien ? en quinze ans de conquêtes sur ces terres de malheur nous sommes bien incapables d'en faire le compte

Staouëli, Fort-l'Empereur, Mascara, Constantine, le défilé des Portes de fer franchi en musique, la prise de la smala d'Abd el-Kader, les enfumades du Dahra

nous n'avons pas plus peur du yatagan que des rugissements du lion du désert qui nous réveille la nuit lorsque nous ronflons comme des ogres autour des feux de camp, pas plus peur du soleil qui brûle les cervelles que de ces maladies africaines qui ne nous veulent que du mal, palu, chiasse, fièvre chaude, vers kabyles bouffeurs de boyaux, vent fanatique descendu des paradis de Mahomet pour ronger nos plaies jusqu'à l'os

regardez-nous peuple de gredins, engeance du diable, vous avez beau nous épier derrière les murs de vos gourbis, ricaner en montrant du doigt nos grolles rafistolées, nos pantalons rapiécés, nos shakos cabossés, rien ne nous arrête et ne nous arrêtera jamais, nous marchons comme un seul homme dans les rues coupe-gorge de vos villes et de vos villages, saccageons vos mosquées, vos casbahs, vos tombeaux, piétinons avec rage vos champs de blé, coupons à la hache vos orangers, oliviers, citronniers, amandiers, tout ce qui peut nous servir de bois de chauffage lorsque nous campons à la belle étoile, et qu'il fait froid, et qu'il faut réchauffer nos pauvres guiboles fatiguées, nous détournons l'eau des sources pour nos gosiers assoiffés, nous prenons de force vos chameaux, vos troupeaux de moutons, sourds à vos contorsions de désespoir, vos jérémiades de bonnes femmes, vos pleurs bien mal imités

— Vous n'êtes pas des anges !

non, nous ne sommes pas des anges, capitaine, et c'est bien pour ça que nous sommes encore en vie, soldats du matin au soir, et soldats la nuit, fiers tous les jours de servir la France et d'exécuter vos ordres

mais ce soir nous n'en pouvons plus, le vent s'est levé, il fait un froid de gueux, capitaine, il est temps que la troupe trouve un abri pour passer la nuit, un abri de murs bien épais, même si ces murs sont faits de briques de boue séchée et mal jointes, il est temps d'allumer des feux, d'enfumer la couenne de nos carcasses, et de manger, capitaine, de manger n'importe quoi, de dévorer à pleines dents ce qui peut bien nous tomber sous la main, âne, mouton, chameau, peu importe la bidoche, cuite ou crue, ça nous est égal, pourvu que le sang chaud de la bête nous remplisse la bouche, et coule, et ragaillardisse nos jambes et nos bras qui ont trop fait la guerre

trop razzié, trop lutté au corps à corps, baïonnette contre yatagan

il est temps de boire à plein goulot la gnôle de France, d'oublier pour une heure ce que nous sommes, et ce que nous sommes en train de devenir, vautrés dans la paille ou recroquevillés sur un grabat de couvertures qui empestent le suint de chèvre, laissant le feu de l'alcool faire son travail au plus secret de nos entrailles, là où se tordent en mille souffrances les corps de nos victimes, là où stagne le remugle enivrant du sang répandu, là où s'accumulent les cris de bête des hommes et des femmes que nous passons au fil aiguisé de nos baïonnettes, laissant la brûlure de l'alcool faire son travail et emporter tout ça dans les caveaux bénis des oubliettes de l'Histoire

— Halte !

nous crie le capitaine

— Halte, mes braves !

et il pointe le doigt en direction des nuages qui pèsent de tout leur poids d'un bord à l'autre de l'horizon, et qui laissent si peu d'espace entre la terre et le ciel que nous nous demandons si nous aurons encore la place d'avancer debout, s'il ne faudra pas ramper sur les coudes dans cette chienne de poussière que le vent touille comme un brouet de sorcier

— On passera pas, capitaine

— Regardez bien, mes braves

— On voit rien, capitaine

il se tourne, campé comme un coq dans ses bottes de sept lieues capables d'atteindre les plus lointains des horizons, il nous regarde en ricanant, agite son sabre au-dessus de sa tête pour réveiller sous le képi enfoncé jusqu'aux oreilles nos cervelles malmenées par le froid

— Vous ne voyez pas le village qui se profile au bout de mon doigt ?

— Non, capitaine

— Nom d'un bordel ! seriez-vous tous devenus bigleux !

il nous tourne le dos, se remet en marche en sabrant à gauche et à droite les touffes d'alpha

— Suivez-moi sans broncher, c'est pourtant là qu'on va dormir ce soir, même si vous ne voyez encore que des nuages

et nous suivons ses bottes de pachyderme, le fusil sur l'épaule, des couvertures enroulées autour de nos poitrines grelottantes, aidant nos malades à faire encore ce kilomètre qui nous mettra soi-disant à l'abri, alors que le froid est à chaque pas plus intense, et qu'il nous déchire les yeux et nous brouille la vue de larmes qui ont en coulant sur les lèvres ce goût d'amertume que nous connaissons bien

et puis nous finissons par le voir, ce foutu village, nous le voyons se dresser et onduler comme un mirage à travers les larmes amères de nos yeux déchirés par le froid, et des poitrines de toute la troupe monte un grognement sauvage qui nous redresse, nous libère de ce froid mortel qui croyait nous abattre, durcit comme un poing le désir qui est encore en nous, et c'est ce désir fou qui nous pousse à presser le pas, et même à courir, les plus solides d'entre nous courent à s'en faire péter la rate, la baïonnette du fusil pointée sur les murs tremblants du village, les carrés mal cadenassés des portes, le silence ennemi des ruelles

nous n'entendons plus que le halètement de nos poitrines, l'excitation de nos grolles qui dérapent sur la caillasse

— Du nerf, mes braves ! Le village est à nous !

hurle, hors de lui, le capitaine

laissant les malades derrière nous, les cantines, le barda, nous nous ruons

— Pas de quartier, mes braves ! Pas de quartier !

nous nous ruons tête baissée, mâchoire soudée, pendant que des portes s'ouvrent et que des pétoires mal huilées prennent pour cible notre charge de taureaux, s'enflamment et crachent des plombs qui bourdonnent comme des abeilles à nos oreilles sans entamer notre ruée

la nuit tombe, et avec la nuit des flocons de neige qui viennent nous ne savons d'où

mais qu'importe la nuit, et qu'importe la neige, les pétoires mal huilées n'ont pas le temps de tirer une seconde fois, nous sommes déjà sur les hommes qui les pointent en direction de nos poitrines, nous sommes déjà en train de leur percer le ventre, de les soulever de terre et de les tenir à bout de bras embrochés comme des poulets, le sang coule des ventres ouverts, gicle sur les murs, arrose les visages épouvantés des femmes et des enfants qui crient à pleine gorge

et de maison en maison les hurlements qui en sortent se mêlent, enflent, par leur puissance semblent vouloir arracher le village tout entier à ses racines terriennes et l'emporter loin de la malédiction de la guerre

suffit les commentaires ! nous n'en voulons pas, pas plus que nous ne voulons du regard extérieur de ces gens qui nous jugent et nous accusent, d'ailleurs notre charge de taureaux n'a duré que le temps d'un éclair, pas de quoi en faire une histoire, un peu moins de dix cadavres sont entassés à l'entrée du village, et les femmes et les enfants et les vieux qui nous supplient à genoux dans leur charabia berbère de ne pas les tuer

— Lā taqtulūnī ! lā taqtulūnī !

nous ne les tuons pas, nous nous contentons de les pousser dehors, parce que nous avons besoin de leurs maisons pour faire du feu, pour manger de la viande fraîche, et pour dormir au chaud

et forts de notre victoire nous courons de ruelle en ruelle comme des diables, cherchant dans la nuit venue tout ce qui brille, tout ce qui pourrait nous rassasier, au fond des coffres l'or, l'argent, les pierres de ces colliers, bracelets et autres bagues que les marchands rachètent un bon prix à Alger, sur les grabats couvertures et tapis, à l'abri des silos le grain et la farine qui nous manquent, et dans les étables les bêtes trépignant de peur il fait si noir à présent que la nuit des étables est comme de l'encre, de l'encre épaisse dans laquelle nagent les yeux affolés de combien de moutons ? nous ne savons pas et nous n'avons pas besoin de le savoir, l'affaire est bonne et la rapine facile, c'est tout ce que nous voyons, et c'est tout ce qui nous excite lorsque nous coinçons les bêtes entre nos cuisses, lorsque d'une main nous les forçons à relever la tête, et que de l'autre main nous tranchons au poignard les gorges offertes

du sang encore une fois nous en avons partout, ça nous coule sur les mains, les bras, les pantalons rapiécés, ça nous gicle dans les yeux, la barbe, ça entre à gros bouillons dans notre bouche, et ça fait du bien de sentir le sang tout chaud de l'animal envahir notre gorge et ragaillardir nos entrailles

non, nous ne sommes pas des anges, mais des soldats foutredieu ! des soldats !

des soldats qui ont un besoin urgent de sang, de ce sang chaud, de ce sang frais pour combattre palu, chiasse et fièvre chaude, autrement plus efficace que le sulfate de quinine qu'on vend pourtant à prix d'or aux colons pataugeant dans la puanteur des marais de Boufarik

— Alors gorgez-vous de sang, mes braves !

nous encourage le capitaine parti à la chasse aux femelles et qui tient sous son bras une jeune proie tout agitée de tremblements

et le trop-plein de sang que nous ingurgitons nous ressort par les oreilles, par les narines et par les yeux, nous remonte à la gorge et nous force à le cracher, à le pisser parce qu'il nous a trop vite rempli la vessie

— Et pissez-le, mes braves ! Pissez-le !

nous ordonne le capitaine qui a coincé une deuxième proie sous son bras gauche

nous arrosons les murs de notre urine sanglante en grognant des ordures de mots, avant de prendre par les pattes nos moutons égorgés et de les traîner dans le vent hurlant des ruelles blanchies de neige jusqu'aux portes des maisons où nous menons grand tapage, nous autres fantassins saoulés de guerre, groupés par dix, et parfois quinze dans ces gourbis sans fenêtre et souvent sans étage

— Un mouton par porte ! Pas plus !

des feux d'enfer sont allumés au milieu des pièces, et nous y brûlons le bois de tout ce qui nous tombe sous la main, ça n'a pas d'importance pourvu que ça nous réchauffe la chair jusqu'aux os, que ça nous crame les morpions, les furoncles et toute cette saleté de vermine qui nous bouffe les couilles, haut les flammes ! haut ! et dans l'ivresse de ces feux de joie nous nous débarrassons enfin de nos hardes, jetons les pétoires, les grolles, les pantalons et les capotes rapiécées, offrons le ventre à cette lumière réparatrice et joyeuse qui nous pousse à trémousser nos bedaines, à sauter d'une jambe sur l'autre, à étreindre à pleins bras les filles d'antan que nous ne troussons plus que dans nos rêves

— Dansez, mes braves ! Secouez-la votre carcasse ! Ça fera fuir le choléra !

pendant que les moutons tout entiers embrochés cuisent sur les braises, fument et dégagent des odeurs de viande rôtie qui nous affolent, nous font perdre la tête et nous ruer sur la viande à peine cuite

— Nom de Dieu de nom de Dieu !

nos mains plongent dans la chair ruisselante, la déchirent, s'emparent de la queue, des oreilles, des pattes, tirent sur les os qui dépassent, farfouillent dans les entrailles et en retirent le cœur, les poumons, le foie, et nos mâchoires plantent leurs dents voraces dans les morceaux récupérés de haute lutte, broient les muscles de la bête, lèchent le gras, sucent les moelles, avant d'envoyer dans nos gosiers cette chair qui descend comme un miracle au plus profond de nos entrailles et jusqu'à notre estomac qui gonfle et s'arrondit

et pendant ce temps la neige qui continue de tomber s'accumule sur les épaules des femmes, des enfants et des vieillards chassés de leurs maisons et qui errent comme des âmes perdues à bonne distance du village où veillent des sentinelles armées de fusils, chassés de leurs maisons ils tournent en rond en tremblant de froid, gémissent et pleurent, cherchent des abris et n'en trouvent pas, finissent par se réfugier sous les branches d'un bosquet de lauriers, les femmes et les vieillards enfouissant dans leurs hardes les enfants, avant de se blottir chair contre chair en attendant du ciel un miracle qui ne vient pas

suffit ! suffit ! quel miracle devrait donc venir du ciel ! les miracles c'est nous soldats qui nous en occupons, c'est nous soldats qui débarrassons cette terre d'Algérie de ses fanatiques, qui créons des villes, des routes, asséchons vos marais de malheur, inventons le sulfate de quinine, plantons des milliers d'arbres pour sucer les miasmes de vos terres maudites, alors ne venez pas nous reprocher de forcer la porte de quelques maisons pour réchauffer nos os qui ont froid et sont fatigués, ne venez pas nous reprocher d'égorger quatre ou cinq moutons pour donner à manger à nos ventres qui ont faim, laissez-nous au contraire nous vautrer sur la paille sèche, nous rouler tranquille dans la laine des tapis, nous remplir les poumons des fumées de ce tabac turc qu'on trouve à tous les étals des boutiquiers d'Alger

— Si nos jours sont de plus en plus sombres et sanglants, qu'au moins nos nuits se dépoitraillent et s'ouvrent à tous les débordements de nos corps ragaillardis !

crient les uns

— Oui, que nos nuits pétaradent !

répondent les autres

— Qu'elles débordent de foutre et de cris étouffés !

répondent et s'excitent quelques-uns

dans sa grande bonté le capitaine nous abandonne à minuit les femelles dont il a usé et abusé une partie de la nuit, trois belles filles, charpentées et velues comme nous les aimons dans la troupe, et pas farouches, résignées à nous satisfaire puisqu'il n'y a pas moyen de faire autrement

elles sont échevelées, palpitantes, ont le ventre tout barbouillé de sperme

— Toi, ton nom ?

— Zahia

répond celle sur la poitrine de laquelle nous avons pointé le doigt

— Et toi ?

— Hayet

— Et toi ?

— Maïssa

la bouche et l'œil encore hardis malgré les assauts répétés du capitaine, elles nous ouvrent leurs cuisses soixante fois pour que les soixante soldats de la troupe oublient leurs peines et se fraient à grands coups de reins un chemin dans la forêt incendiée de leurs poils

et ce n'est qu'au plus profond de la nuit que nous nous écroulons dans la paille et les grabats, ivres, repus, les couilles enfin vidées des désirs sauvages qui les torturaient jusqu'à la douleur durant nos combats sans fin, nos marches forcées, nos maladies

— Mille dieux, que ça fait du bien !

que ça fait du bien de tout oublier, de se vautrer nu sur les reins des filles, de s'endormir dans leurs chaleurs, dans leurs haleines rudes et tendres qui nous saoulent jusqu'au délire, qui nous emmaillotent dans l'humidité de leurs cuisses, nous livrent à leurs mains de sorcières si caressantes

— Tu l'aimes ton petit ogre ?

chuchotons-nous dans le trou de leurs oreilles

mais ces filles peuvent-elles aimer ceux qui leur sont passés dessus, ceux qui les ont forcées à accepter en elles la semence brûlante de leur barbarie de soldat ?

quelle question ! qu'on ne nous dérange plus avec ce genre de question, c'est entendu ? qu'on nous foute la paix, c'est nous qui tenons le fusil, c'est nous qui marchons des heures durant sur des routes semées d'embûches, c'est nous qui mourons de la fièvre chaude et du choléra, alors qu'on nous laisse profiter jusqu'au bout de la queue de nos victoires

— Zahia, et toi Hayet, et toi Maïssa, aimez les ogres qui vous honorent !

et c'est cet amour bancal et terrorisé, mais amour quand même, qui berce nos ronflements d'hippopotame, nos grognements d'ours, nos sueurs de sconse, et tant pis si sur les pentes des collines et des ravins il gèle à pierre fendre, pour une fois c'est nous qui avons chaud sur notre paille et nos grabats

— Foutredieu, c'est nous !

et quand le jour finit par se lever, quand il faut renfiler les culottes, chausser les grolles et caler le fusil sur l'épaule, nous n'avons pas un regard pour les trois femelles blotties dans leurs hardes, il fait froid, il n'y a rien de chaud à boire, et la route sera longue jusqu'au fondouk, mieux vaut garder ses forces et ses munitions pour ceux qui chercheront par tous les moyens à nous couper la tête

ils se rassemblent à l'entrée du village, et sous les ordres du capitaine reprennent la route, glissant à chaque pas dans la neige gelée, tombée une bonne partie de la nuit et qui a enseveli dans un silence de mort tout ce qui leur était familier, ils ne savent plus où ils sont, mais ça n'a pas d'importance, leur capitaine est parti en avant, il suffit de le suivre

et la troupe s'éloigne d'un pas lourd et crissant

et dans le village les corbeaux et les chiens réapparaissent, et dans le sillage des corbeaux et des chiens réapparaissent aussi les trois filles

tout ahuries elles s'élancent dans les ruelles, appellent à pleine gorge leurs sœurs et leurs frères, et leurs mères, et leurs oncles et leurs tantes, et les vieux qu'elles connaissent depuis l'enfance parce qu'ils protègent de tout ce qui fait peur

— Vieille Rahima, où es-tu ? Où es-tu ?

elles crient, elles s'égosillent

— Vieille Dhohra ?

elles trébuchent dans la neige, elles tombent, elles s'écorchent les genoux

— Vieux Bachir ?

mais elles ont beau se démener, faire trois fois le tour du village et fouiller les alentours, rien ne leur répond, et ce n'est qu'au coucher du soleil qu'elles découvrent dans un fouillis de lauriers croulant sous la neige les corps enlacés, serrés les uns contre les autres, de ceux qui étaient encore la veille au soir leurs sœurs et leurs frères, leurs mères, leurs oncles et leurs tantes, leurs vieux qu'elles connaissaient depuis l'enfance parce qu'ils protégeaient de tout ce qui faisait peur, et qui ne sont plus que des cadavres figés pour l'éternité par le froid de la nuit d'hiver.

(RUDE BESOGNE)

Le bonheur de vivre sous un toit, même si ce toit de fortune n'avait rien d'un château, nous redonna un peu de cœur au ventre

partout dans la colonie les hommes avaient une scie ou un marteau à la main, et le travail incessant de tous était la preuve que nous n'avions ni les uns ni les autres l'intention de baisser les bras, et durant deux mois les colons comme les soldats ont uni leurs efforts pour terminer la palissade dressée comme un rempart entre nos maisons et la cruauté de ceux qui ne cherchaient qu'à nous couper la tête

les soirs étaient si beaux, la lumière si douce dans le ciel et sur la terre, que nous avons pris l'habitude Rosette, Célestine et moi d'aller faire le grand tour de la palissade, et nos cinq enfants profitaient de ce moment de liberté pour courir et se chamailler, tourner autour des soldats qui montaient la garde

— Nicolas ! François ! allez jouer ailleurs !

on commentait les ragots, trop contentes de se tenir à l'écart de ces histoires qui ne circulaient que pour nuire à celles qui étaient montrées du doigt, et en même temps on ne pouvait pas s'empêcher de rire en accusant sans preuve deux ou trois femmes qui soi-disant faisaient commerce de leur corps avec les soldats au-dessus des toits et de la palissade un grand mât avait été planté pour hisser le drapeau français, un beau morceau d'étoffe tout neuf, qui était comme un gage de notre bon droit, et qu'on regardait souvent avec l'espoir qu'il tiendrait à distance suffisante les lions du désert, les vipères à cornes et ces bandes d'égorgeurs qui surveillaient de loin notre colonie, toujours prêts à se jeter sur nous et à nous étriper

on rentrait à la nuit tombante, rafraîchis par le vent qui descendait des montagnes, et on passait devant l'espèce de taverne qu'avait construite de ses mains un certain Gaston Frick, un homme d'Alsace que rien n'arrêtait, et qui avait décidé de faire fortune sur ces terres africaines, en quelques semaines il avait cloué les planches mal rabotées d'un comptoir derrière lequel il vendait du mauvais vin venu de Bône, de la gnôle et de l'absinthe

c'était là qu'on retrouvait souvent nos hommes, harassés par le travail qu'ils avaient accompli, celui de scier, raboter et clouer des planches pour fabriquer une table, des bancs, deux rangées d'étagères, celui de consolider une palissade, d'agrandir un appentis

et dans la nuit qu'éclairaient notre lanterne et le feu nous mangions tous ensemble le ragoût qui n'était qu'un mélange de ce que les soldats nous rapportaient de Bône, pommes de terre, riz, bas morceaux de viande pas faciles à mâcher, et ensuite chacun allait se coucher sa bougie à la main, j'embrassais ma fille et mes deux garçons

— Dormez bien

ils se blottissaient les uns contre les autres, m'attrapaient la main

— Dis-nous, maman, on va rester longtemps ici ?

me demandaient-ils, les yeux écarquillés par la question

je ne leur répondais pas, caressais leurs têtes une dernière fois avant de rejoindre Henri sous un drap qui cachait nos corps mais ne nous permettait pas de faire ce qu'un mari et une femme font lorsqu'ils sont tous les deux dans un lit, je retenais la main d'Henri qui se glissait entre mes cuisses

— Non, il ne faut pas

— Les autres le font bien

— Non, ils ne le font pas

et puis on finissait par s'endormir

mais ce temps que je raconte est un temps qui n'a pas duré, deux mois j'ai dit, peut-être moins parce que le temps en Afrique ne se mesure pas comme il se mesure en Europe, il s'étire d'une manière qui ne nous est pas habituelle, et c'est dans cet étirement du temps qu'on commençait à apprivoiser que brusquement la chaleur nous est tombée dessus, se déversant sur notre colonie comme une bassine de plomb fondu, dehors tout aussi bien que dans nos pauvres maisons de planches l'air est devenu irrespirable, et le soleil a pesé de tout son poids sur nos épaules, réduisant à néant notre envie de travailler, les forces nous ont soudain manqué, mains molles et jambes tremblantes nous avons été obligés de passer la moitié des jours à l'ombre des murs, assis dans la poussière, les yeux clos, dans l'espoir qu'un souffle de vent venu des montagnes redonne des couleurs à nos tristes figures

mais rien ne nous rafraîchissait, sainte mère de Dieu

bien au contraire, des vagues de feu toujours plus intenses ne cessaient de déferler sur nos cabanes, calcinant d'un coup les feuilles des premiers plants de tomates que certains d'entre nous avaient décidé de cultiver dans l'espoir d'une première récolte avant l'été, et grillant la peau de nos visages et de nos mains, brûlant les pupilles de nos yeux, desséchant les boyaux de nos ventres qui devenaient aussi durs que de la pierre

et à ce régime beaucoup d'entre nous sont tombés malades, des fièvres chaudes ont cloué au lit des hommes tout comme des femmes, et des enfants par dizaines, et des soldats condamnés à monter la garde des journées entières autour des palissades, et qui ne supportaient pas ce soleil africain

le capitaine a bien été obligé d'appeler en renfort un médecin militaire qui est arrivé de Bône dans un tel état qu'il a fallu lui verser sur la tête deux seaux d'eau fraîche tirée du puits et dans le gosier un bon verre de gnôle

très vite requinqué il nous a dit

— Mes amis, tout va mal

avant de retrousser les manches de sa chemise et de poursuivre

— Le choléra fait des ravages dans la région, il est à Bône, il sera demain chez vous

le capitaine a tout de suite réagi, on ne peut pas lui reprocher de n'avoir rien fait, des ordres ont été donnés pour que plus personne n'entre dans la colonie, les portes d'entrée de la palissade ont été fermées, et nous autres avons été condamnés à ne plus fréquenter que les membres de nos familles, et à tenir éloignés de nous ceux qui n'en faisaient pas partie mais il était trop tard, parce que c'est le médecin militaire lui-même qui nous l'a apporté le choléra, le soir de son arrivée il s'est senti mal, au point de devoir s'aliter dans la tente que lui avait réservée le capitaine, et une heure durant il a combattu d'affreuses coliques avant d'être emporté par des vomissements qui l'ont vidé des dernières forces qui lui restaient, il est mort durant la nuit, et les soldats à la lumière des lanternes l'ont porté en vitesse jusqu'au cimetière et fourré dans un trou pour éviter que le corps contamine d'autres corps

précautions bien inutiles, parce que le lendemain c'est la fille d'une maison voisine, une gamine de quatorze ans qui est morte, et en fin d'après-midi son père

sainte mère de Dieu

et la mère, avec qui j'allais à la lessive sur les bords de l'oued, est sortie comme une folle de sa maison, les mains agrippées à ses cheveux elle criait, hurlait toutes les insultes qu'elle pouvait trouver à l'adresse du Seigneur, elle s'est roulée dans la poussière, griffé les joues jusqu'au sang, et puis elle a forcé les soldats à lui ouvrir les portes de la palissade, et une fois les portes ouvertes elle a couru tout droit en direction des montagnes, ne se retournant jamais, ne s'arrêtant jamais, jusqu'à ce qu'elle disparaisse dans la brume de chaleur

elle s'appelait Marguerite, et personne n'a su ce qu'elle est devenue

il a fallu fabriquer deux cercueils et enterrer le père et la fille, et c'est le Gaston Frick qui a improvisé le discours d'usage, tempêtant de sa voix graillonneuse contre le mauvais sort qui s'en prend toujours aux plus faibles

— Est-il juste que le malheur s'abatte sur une pauvre famille qui ne demandait rien d'autre que de travailler en paix les sept hectares que lui avait offerts la France ? Je vous le demande à vous qui n'avez que vos mains pour vous défendre

privé de salive et le souffle court il a cherché à reprendre sa respiration, et dans ce temps étranglé par la chaleur il nous a dévisagés les uns et les autres, passant en revue nos tristes visages en sueur

— N'y aura-t-il donc jamais de justice sur cette terre ?

et en moi-même je me disais que la justice était un mot inventé par les riches pour calmer la colère des pauvres, mais que tout bien réfléchi ça n'existait pas la justice, qu'il fallait apprendre à vivre sans elle et accepter le sort que Dieu réserve à tout être humain qui pose les pieds sur la terre.

■

Durant trois jours nous avons cru pouvoir échapper aux ravages du choléra, depuis l'enterrement du mari et de la fille de Marguerite aucun autre cas n'avait été signalé dans le village

je tenais mes trois enfants enfermés entre les quatre murs de notre maison, terrorisée comme ma sœur à l'idée que la maladie puisse s'en prendre à notre famille, et Célestine veillait avec la même ardeur sur ses deux garçons, et la plupart du temps ils dormaient sur les paillasses trempées de sueur, et s'ils ne dormaient pas Rosette et moi leur racontions des histoires, des histoires de chez nous où les princesses perdent leur chemin dans d'immenses forêts pleines de loups et d'ogres

seuls Henri et Louis sortaient, le bas du visage caché par un mouchoir, et en se tenant à distance des gens qu'ils rencontraient, ils allaient prendre des nouvelles à la taverne, récupéraient de quoi manger et s'en revenaient en fin de journée en nous déclarant qu'il ne fallait pas avoir peur, qu'aucune autre personne dans l'enceinte de la colonie n'avait été touchée par la maladie, et que le capitaine faisait tout ce qui était en son pouvoir pour contrôler la situation

— Et à Bône ?

— À Bône on lui a dit que c'était la catastrophe

et dans le silence irrespirable de la nuit, je pensais qu'il n'était pas possible que la colonie échappe à l'épidémie, que le choléra qui n'avait de pitié pour personne puisse avoir de la pitié pour nous, j'étais certaine, et j'aurais mis ma main au feu, qu'il avait le projet de s'en prendre à nos familles, et au lieu de dormir je priais de toutes mes forces pour que le Seigneur se dresse et lui oppose son pouvoir divin, celui qui protège les bons et abandonne à leur sort les méchants,

— Seigneur Dieu, je vous en supplie, entendez-moi, depuis que je suis née je ne vous ai pas demandé grand-chose, je n'ai abusé en aucune manière de votre pouvoir, j'ai toujours été humble, obéissante, vivant dans le respect de vos règles, ouaille parmi vos ouailles sur les bancs de l'église du dimanche, et ne manquant jamais une messe, jamais un don, ne suis-je donc pas en droit de vous demander une première faveur ? Seigneur Dieu, je vous en supplie descendez de vos hauteurs habituelles, soyez généreux et pour moi, et pour ceux qui vivent ici, je vous en supplie, sauvez-nous

et ne trouvant pas le sommeil, j'attendais dans la peur de ne pas être écoutée les premières lueurs de l'aube

trois jours, j'ai dit, trois jours durant nous avons tous espéré un miracle, alors que ces trois jours n'ont servi qu'à renforcer les pouvoirs de la maladie que j'imaginais tapie comme une bête dans les parages de la palissade et qui, n'y tenant plus, a choisi le matin du quatrième jour pour se jeter sur nos familles, planter ses crocs dans nos chairs anémiées et dévorer nos pauvres vies

Henri venait à peine d'ouvrir la porte de notre maison pour faire entrer la lumière du jour, et de mon côté je réchauffais de l'eau dans une casserole, des oiseaux piaillaient sur les toits rafraîchis par les vents de la nuit, et soudain nous est parvenu aux oreilles un hurlement qui m'a glacé le sang, Henri m'a regardée comme si le ciel lui tombait sur la tête

— Je vais voir

— N'y va pas, Henri

mais il courait déjà en direction de la taverne, j'ai refermé la porte pendant que Rosette et Louis, levés d'un bond, cherchaient à savoir ce qui se passait

— C'est le choléra

leur ai-je annoncé

— Tu en es sûre ?

a demandé Rosette

— Henri est parti se renseigner, mais je suis sûre que c'est le choléra et les enfants dormaient encore lorsque Henri est revenu pour nous annoncer qu'un homme était mort cette nuit, que deux enfants et deux femmes étaient en train de perdre la vie, et qu'un autre homme à l'autre bout du village se sentait lui aussi très mal

— Qu'est-ce qu'on va faire ?

Rosette se rongeait les ongles en posant cette question, tournait autour de nous comme si elle était en train de perdre la tête, prête sans doute à quelque folie pour sauver la vie de ceux qu'elle aimait

— Calme-toi, Rosette

— Je ne peux pas

passant mon bras autour de sa taille je l'ai serrée contre moi, elle tremblait ma pauvre sœur, elle ne pouvait pas se retenir de trembler tant elle avait peur, et je ne pouvais pas lui en vouloir d'avoir perdu sa force habituelle parce que moi aussi je m'étais mise à trembler, malgré moi je sentais courir sur ma peau des frissons qui me faisaient perdre l'équilibre

on s'est tous les quatre assis autour de la table, et en silence on a bu un grand bol d'orge grillé, Louis avait allumé une lanterne parce que le jour qui pénétrait dans la pièce par les fentes de la porte mal ajustée n'était pas suffisant, et dans la lumière vacillante de la flamme chacun regardait son bol fumant, sans oser lever la tête par crainte de voir dans les yeux des autres sa propre peur confirmée, cette peur instinctive de toute chair menacée

— Le capitaine a demandé aux charpentiers et à tous ceux qui savent travailler le bois de se rassembler à l'atelier pour fabriquer des cercueils, il s'attend à voir mourir beaucoup de gens dans les jours qui viennent

a fini par nous dire Henri

les doigts de sa main passaient et repassaient sur son front brûlé par le soleil, comme si ses gros doigts avaient le pouvoir de calmer les idées noires qui, comme à moi, comme à ma sœur et mon beau-frère, nous tourneboulaient la tête

— Qu'est-ce qu'on va faire, Henri ?

je l'ai regardé, cherchant dans ses yeux une réponse rassurante à ma question, mais il avait beau se creuser la tête ça ne servait à rien, il sentait bien qu'il n'était pas capable de trouver les mots qui m'auraient soulagée, auraient calmé les battements affolés de mon cœur, de notre cœur à tous les trois qui, je l'imaginais sans peine, devait s'emballer dans la poitrine de Rosette tout comme dans celle de Louis qui s'efforçait de conserver un comportement d'homme, et c'est lui qui m'a répondu

— Il n'y a rien à faire, rien du tout, le choléra isole notre colonie du reste du monde, personne ne doit y entrer et personne ne peut en sortir

— Alors on va tous mourir ?

a demandé Rosette

— Bien sûr que non, nous allons faire tout ce qu'il est possible de faire pour que le choléra n'entre pas dans notre maison, laisser la porte fermée, boucher les fentes entre les planches des murs, ne boire que de l'eau bouillie et ne manger que des aliments cuits

et pendant que le bon sens de Louis inventait l'espoir d'une lutte pour rester en vie, comme si notre pauvre combat d'humains avait une quelconque chance de s'opposer à la faux dévastatrice du choléra, quelqu'un a frappé à notre porte

— Je peux vous parler ?

c'était Célestine qui venait aux nouvelles, j'ai répondu

— Viens, et referme vite la porte

elle voulait savoir combien de gens étaient malades et combien de gens étaient morts, et je lui ai dit qu'au moins six personnes avaient déjà été emportées sans pouvoir lutter d'aucune façon

— J'étais sûre que le choléra ne s'arrêterait pas à la famille de Marguerite, et ce n'est pas parce que nous n'avions eu aucun mort pendant trois jours qu'il fallait se croire à l'abri, mon père ne cesse de me répéter qu'il faut fuir, profiter de la nuit et quitter la colonie

— Pour aller où, Célestine ?

— C'est ce que je lui dis, pour aller où ? dans un autre village qui est ou qui sera bientôt tout aussi infesté que le nôtre ? mais il ne veut rien entendre

elle avait les mains à sa gorge, et une sorte d'égarement marquait tout son visage

— Que croit-il ton père ? pouvoir circuler à sa guise sur les routes, il ne fera pas une lieue sans qu'un yatagan lui tranche la tête

lui a dit Henri

— Assieds-toi, Célestine, et prends un café avec nous

elle s'est assise à un bout du banc, et j'ai versé dans un bol ce qui restait dans la casserole

— Bois, ça te fera du bien

et tous les cinq nous nous sommes tus, ruminant des pensées que nous préférions ne pas exprimer devant les autres.

■

Et sans qu'il nous soit demandé notre avis, sans que nous puissions émettre une quelconque protestation, nous autres colons qui n'avions rien fait de mal avons été plongés dans les flammes d'un enfer à peine imaginable

enfer qu'avec ma naïveté de femme je croyais limité aux dessous de la terre, là où règnent le diable et ses démons aux fourches assassines, et que j'ai vu de mes propres yeux sortir de ses obscurités malfaisantes pour envahir la terre et y semer la terreur, triompher de notre communauté de colons en fauchant à grands coups de faux hommes, femmes et enfants dans leurs cabanes de planches, et cela en toute impunité, je dis bien en toute impunité puisque le ciel et ses représentants divins jamais ne sont intervenus

sainte et sainte mère de Dieu, pourquoi nous avez-vous abandonnés ?

jamais ne se sont portés à notre secours pour éteindre ces flammes qui nous dévoraient

dites-moi au moins pourquoi

jamais n'ont fait un geste pour retenir la lame de cette faux qui nous coupait le souffle

oui, dites-moi au moins pourquoi.

■

Toute la journée du lendemain, du surlendemain et des autres jours de la semaine, sous la chaleur extrême du soleil, des gens sont morts sans même comprendre ce qui leur arrivait, ils sortaient de leur maison, ils marchaient à l'ombre des murs pour aller se soulager dans les latrines publiques, pour puiser un seau d'eau ou jeter des ordures, ils faisaient dix, vingt pas, et puis ils tombaient d'un coup dans la poussière, pris de vomissements et de diarrhées, et ils se vidaient de leurs matières et mouraient environnés de mouches qui ne tardaient pas à entrer dans leurs bouches et dans leurs oreilles, et il ne restait plus aux soldats, sans cesse en patrouille, qu'à ramasser les corps et à les faire disparaître entre les quatre planches d'un cercueil fabriqué de travers et sur lequel on inscrivait un nom et parfois pas de nom du tout

et ceux qui mouraient chez eux, c'était encore plus terrible, les familles hurlaient de douleur en voyant partir aussi brutalement un être cher, le malade cherchait à se raccrocher à une main qui se tendait, à un visage qui se penchait sur lui, mais il n'y avait rien à faire, son corps tordu de souffrance était comme aspiré par une force invisible qui l'arrachait à la vie et à ceux qui l'aimaient, et l'entraînait, et le basculait dans un de ces chaudrons du royaume des morts

cinq ou six fois par jour, dans ce silence mortel qui avait envahi la colonie, et qui ternissait le bleu du ciel, écrasait les toits et nos poitrines, et perturbait notre respiration, cinq ou six fois par jour, et souvent plus, il fallait ouvrir les portes de la palissade et laisser passer les cercueils qui étaient portés à bras d'hommes jusqu'au cimetière et enterrés devant la famille en pleurs, agenouillée dans la poussière et courbant la tête pour éviter les rayons aveuglants du soleil

et c'est au soir du sixième jour que Louis, après avoir passé la journée à fabriquer des cercueils, est rentré si fatigué qu'il s'est couché sans vouloir rien manger

— Louis, qu'est-ce que tu as ?

s'est affolée Rosette

il n'a pas répondu, se contentant de tourner la tête et de regarder Rosette comme s'il avait du mal à mettre un nom sur le visage de cette femme penchée sur lui, ses yeux enfoncés de plus en plus dans leurs orbites étaient en train de perdre toute humanité, il ouvrait la bouche comme un poisson sorti de l'eau et tirait une langue grumeleuse

— Il a soif !

Rosette a couru chercher le reste d'eau qui avait bouilli dans la casserole, l'a versé dans un verre et s'est agenouillée tout contre son mari

— Bois, mon Louis, bois, ça va te faire du bien

elle lui a soulevé la tête et l'a forcé à boire, pendant qu'Henri et moi tentions de frictionner la peau ratatinée de ses mains et de ses pieds

j'avais enfermé les trois enfants dans la chambre, et je les entendais qui demandaient

— Maman, pourquoi tu nous a enfermés ?

— Pour vous protéger

— Nous protéger de quoi ?

— Louis est malade, il ne faut pas que vous l'approchiez

— Il a le choléra ?

demandait François

— Maman, réponds-nous, il a le choléra ?

— Je n'en sais rien

et puis Louis a commencé à vomir, et après les vomissements il a eu des diarrhées affreuses que Rosette n'a pas pu supporter, secouée de sanglots elle a voulu quitter la pièce, et j'ai bien été obligée de la suivre pour qu'elle ne tombe pas, l'aidant à descendre les trois marches de l'entrée, l'aidant encore à s'asseoir par terre, contre le mur de planches, ma pauvre sœur, ensuite je l'ai prise dans mes bras, ai enfoui son visage noyé de larmes dans ma poitrine, le serrant fort contre moi comme s'il était en mon pouvoir de calmer la douleur qui la torturait

au-dessus de nous le ciel noir du désert était constellé d'étoiles, une brise descendue des montagnes circulait à sa guise au-dessus des toits et me rafraîchissait le visage, comme si ce ciel, ces étoiles et cette brise n'avaient jamais pris en compte le malheur des hommes sur cette terre

et au bout d'un temps peut-être long pendant lequel Rosette s'était assoupie, Henri a ouvert la porte et s'est assis sur les marches de l'escalier, bourrant sa pipe, et l'allumant, et tirant sur le tuyau pour faire entrer dans ses poumons qui en avaient bien besoin de grosses bouffées de tabac

réveillée, Rosette lui a demandé

— Alors ? ça va mieux ?

tout en continuant à regarder droit devant lui, Henri a répondu

— Il est mort.

■

Deux hommes sont venus frapper à notre porte, ils ont hissé sur leurs épaules le cercueil en bois blanc où reposait Louis et ont rejoint la charrette qui servait à présent à transporter les morts, et nous, je veux dire la pauvre Rosette, Henri, Célestine et moi, nous avons pris notre place dans la file des gens qui accompagnaient les morts, il y avait sept ou huit cercueils qui s'entassaient sur le plateau, et dans la chaleur déjà insupportable sûrement que le cheval avait du mal à tirer la charrette, pendant que je soutenais ma sœur qui s'était couvert le visage avec un mouchoir, je regardais marcher ce cheval, j'observais les muscles de son corps qui jouaient sous les poils, le mouvement incessant de ses oreilles qui chassaient les mouches

en avant et en arrière de la colonne des soldats armés montaient la garde, prêts à intervenir à la moindre alerte

arrivé au cimetière le cheval s'est arrêté, et chaque famille a porté son cercueil à l'endroit qu'elle avait choisi et dans le trou qu'elle avait creusé, c'était Henri qui avait fait ce travail pour le mari de Rosette, il avait pioché et pelleté une partie de la nuit, ne rentrant qu'à l'aube et ne dormant que deux ou trois heures, avant de faire sa toilette et de nous suivre jusqu'au cimetière, sa pelle dans une main et des cordes dans l'autre il y avait un acacia près de notre trou, nous nous y sommes réfugiés, reprenant des forces et essuyant nos visages trempés de sueur, Rosette regardait autour d'elle les tombes et les croix qui s'étaient multipliées depuis huit jours

— Il ne voulait pas qu'on parte

a-t-elle fini par dire

elle ne pleurait plus, sans doute estimait-elle que dans le malheur qui nous frappait tous, il était inutile de s'apitoyer sur son sort, elle préférait serrer les poings, planter ses dents furieuses dans les nœuds de son mouchoir

— Pressons-nous, Rosette, les soldats ne nous laissent que peu de temps

— Je sais

Henri m'a fait signe pour qu'on descende tous les deux le cercueil, mais Rosette s'est interposée

— C'est à moi de le faire

elle m'a pris la corde des mains et ce sont eux deux, Henri d'un côté, Rosette de l'autre, qui ont descendu Louis au fond du trou, ensuite nous nous sommes tous les quatre agenouillés et nous avons prié en silence, les mains jointes sur nos infortunées poitrines

Henri a été le premier à se redresser, il a empoigné sa pelle et a jeté sur le cercueil une première pelletée de terre qui a résonné comme un coup de tonnerre dans le silence, comme la sentence d'une condamnation

sainte et sainte mère de Dieu, que nous reprochez-vous pour nous punir de si cruelle manière ?

Célestine et moi avons fait le signe de croix, mais pas

Rosette, elle s'est redressée et a tourné le dos au trou qu'Henri était en train de reboucher, marché seule entre les tumulus de terre et de cailloux qui s'allongeaient les uns à côté des autres, et toutes les deux nous l'avons rattrapée et entourée de nos bras de femmes, errant avec elle au milieu de tous ces corps ensevelis comme trois pleureuses terrassées, front au soleil et luttant contre le sirocco qui s'était levé et qui chahutait nos jupes et nos corsages en deuil

à l'appel des soldats nous avons quitté le cimetière les uns derrière les autres, famille après famille, tous amaigris de fatigue, tous rongés par la peur de ce qui nous arriverait demain, et que pouvait-il nous arriver à présent que l'enfer s'était ouvert sous nos pieds ? alors qu'une autre charrette tirée par un autre cheval et suivie par une autre colonne de gens en pleurs se rangeait pour prendre notre place sur le terre-plein

sainte et sainte mère de Dieu

et le soir, comme tous les soirs de la semaine depuis que le nouveau médecin militaire à bout de remèdes de bonne femme n'avait rien trouvé de mieux que de nous conseiller de danser pour que le sang bouillonne dans nos artères, pour que la chair sue, élimine ses sueurs empoisonnées, rendez-vous compte à quoi la peur de mourir nous réduisait ! ce sinistre soir d'enterrement nous avons donc laissé nos cinq enfants à la garde du vieux d'Aubervilliers, et Célestine, Rosette, Henri et moi, bien qu'épuisés par la chaleur et la tristesse de ce jour, sommes allés danser chez le Gaston Frick qui avait embauché un accordéoniste et qui pour quelques sous nous promettait du remue-ménage bien arrosé du coucher au lever du soleil

il fallait nous voir danser sans joie valses et polkas, fantômes de chair triste s'agitant au milieu d'autres fantômes de chair triste, et nous échauffant le sang au point d'en devenir écarlates, et suant toutes nos misères jusqu'à ce que l'accordéoniste en ait mal aux doigts et décide d'aller se coucher

on y croyait dur comme fer aux conseils du médecin, on avait les jambes en charpie, les paupières plus lourdes que du plomb, mais on ne cédait pas à la fatigue, il fallait lui faire peur à ce choléra, l'empêcher d'entrer dans notre corps par tous les moyens, et si par malheur il y était entré à quelque moment de la journée, l'en faire sortir par tous les pores de la peau en valsant comme des fous furieux

je ne sais pas combien de nuits nous avons dansé au son de cet accordéon qui n'avait plus pour nous sa sonorité habituelle, on se trémoussait sans écouter les notes de musique, tant il nous semblait que ce n'était pas un accordéon qui jouait mais bien plutôt une cloche qui sonnait le glas du coucher du soleil au lever du jour pour nous rappeler l'atroce vérité de nos vies humaines qui n'avaient jamais tenu et ne tiendraient jamais qu'à un fil

pauvres de nous

non, je ne sais pas combien de nuits nous avons perdu la tête dans les vapeurs enfumées de la taverne de Gaston, et je ne vous dirai pas combien de colons se sont retrouvés au cimetière, allongés pour l'éternité entre quatre planches de bois blanc notre tombe, sur laquelle Henri avait planté une croix avec le nom de famille de Louis

Callot

notre tombe a très vite été agrandie pour faire de la place à nos deux fils, morts d'une manière que je préfère taire, tant les mots seraient impuissants à décrire les souffrances de nos deux garçons qui ne demandaient qu'à profiter de la vie qu'Henri et moi leur avions donnée

sainte et sainte mère de Dieu, vous m'avez arraché la moitié de mon cœur

et Henri a fabriqué de ses mains tremblantes de désespoir deux nouvelles croix sur lesquelles on a inscrit à la peinture noire

Nicolas Jouhaud et *François Jouhaud*

faut-il rajouter quelque chose ?

oui, notre pauvre Célestine a perdu et son père et l'un de ses fils, et il n'est plus resté qu'elle dans la maison, sa grande carcasse pliée en deux sous l'offense et le corps pataud de Gérard, son plus jeune garçon qui n'avait pas dix ans

faut-il encore rajouter quelque chose ?

ceci

un matin, la gueule rageuse de l'enfer qui nous avalait depuis des semaines s'est brusquement refermée, et le choléra a disparu, nous abandonnant à notre sort de colons

rouvertes, les maisons ont été nettoyées, redistribuées, parce que beaucoup avaient perdu la totalité de leurs habitants, et nous autres qui restions en vie avons essayé de reprendre goût aux choses, était-ce possible ? bien sûr que ça ne l'était pas, nos yeux mornes, nos poitrines creuses, nos cheveux de vieillard que les douleurs avaient décolorés nous le prouvaient jour et nuit, et le capitaine qui nous rassemblait pour nous parler de l'avenir avait du mal à se faire entendre, dociles nous écoutions ses paroles, dociles nous l'approuvions, mais notre égarement quotidien, notre impression d'avoir perdu la presque totalité de notre âme, nous empêchait de reprendre le travail de colon que nous avions abandonné, de trouver un réel sens à notre présence sur cette maudite terre d'Algérie

l'enfer avait disparu, mais nous n'étions pas près d'oublier qu'il était là, sous nos pieds nus allant et venant en toute ignorance, et qu'il pouvait à n'importe quel moment rouvrir ses abîmes et disposer à sa guise de nos vies, sans que notre Dieu s'émeuve d'une quelconque manière – alors que nous n'avons jamais cessé de le louer depuis des siècles

comment croire, après cela ?

(BAIN DE SANG)

— À l'assaut, mes braves !

parce que c'est Noël et qu'il faut bien se réfugier quelque part, le capitaine pointe la lame de son sabre sur le fondouk et ses cheminées crachant une âcre fumée noire balayée par les vents d'Allah qui ne cessent de nous tourmenter depuis des semaines

— À l'assaut !

on le sait que c'est Noël, capitaine, on le sait tous, Breton, Alsacien ou Marseillais nous savons tous que la nuit prochaine sera la nuit de l'Enfant Jésus, et que les églises de France et de Navarre vont fêter ça en grande pompe, même si notre cœur et nos entrailles de soldat n'ont rien de très catholique, même si comme vous le répétez sans cesse mon capitaine on est loin d'être des anges, on a quand même envie d'avoir les couilles au chaud pour Noël, les couilles au chaud et la panse pleine

et c'est avec une rage plus chrétienne que d'habitude qu'on attaque le fondouk, pupilles dilatées, narines palpitantes, babines retroussées sur nos chicots qui sont comme des crocs prêts à mordre, on s'engouffre sous le porche, et nos baïonnettes embrochent les cris des poitrines impuissantes qui dressent au ciel des bras soi-disant pacifiques, pendant que notre capitaine occit deux ou trois burnous et le silence tombe d'un coup

il n'y a déjà plus rien à embrocher, plus rien à décapiter, ce qui reste de burnous est à genoux, face contre terre, à prier pour qu'on épargne leur carcasse pouilleuse, dans ses bottes de sept lieues le capitaine arpente la cour, les cheveux en bataille sur son crâne échauffé, inspecte dans un coin les chameaux effrayés, dans un autre un foutoir de caisses et de tapis, revient tourner autour des agenouillés en criant

— Nom d'un bordel vous allez vous taire !

son sabre mouline au-dessus d'eux, siffle de rage dans la lumière qui tremble, pendant que ses bottes trépignent entre les burnous affalés dans la boue, soumis comme des chiens

— À mes pieds, et en silence !

il bombe le torse, notre capitaine, trente Arabes rampent devant lui, prêts à lui lécher les bottes, et il est content de cette soumission, il en jouit en nous regardant de travers, nous qui ricanons dans les poils de nos barbes croûteuses

— Qui est le chef ?

— Moi, sidi mon commandant

un vieux se redresse sur ses jambes

— Nom d'un bordel ! est-ce que je t'ai demandé de te lever ?

— Non, sidi mon commandant

— Alors à genoux !

le vieux s'agenouille, roule des yeux de chien battu, croise les mains sur sa poitrine

— Dis-moi, le vieux, puisque tu baragouines notre langue tu dois pouvoir me faire le compte des rebelles que tu caches dans tes gourbis

— Je cache rien du tout, sidi mon commandant, qu'Allah le Tout-Puissant me coupe la langue si je mens

— C'est ça, et qu'il te coupe aussi les couilles tant qu'il y est, parce que je suis sûr que tu mens, merde alors ! c'est pas à moi qu'on va la faire !

— Je mens pas

— Je les connais vos guenillards, vos hyènes aux chicots sanguinaires qui égorgent mes pauvres soldats venus de France tout exprès pour le pacifier votre foutu pays, pour le nettoyer de sa vermine, nom d'un bordel ! et c'est comme ça que vous nous remerciez !

il s'étrangle, la colère est revenue lui tambouiller le ventre, ses oreilles ont rougi d'un coup et ça c'est mauvais signe, il se racle le fond de la gorge, crache des glaviots tout fulminants

— Mais je vais me l'éventrer ce vieux bouc ! la lui sortir toute chaude et sanguinolente de ses entrailles la vérité qu'il ne veut pas me dire ! ah l'enflure ! le gluant fils de chien !

le sabre tourbillonne au-dessus de la tête du vieux, prêt à exécuter la sentence qui ne saurait tarder, et on se dit qu'il va falloir porter au compte du capitaine une nouvelle tête tranchée, et qu'il risque de se retrouver à égalité avec notre champion des décapitations qui est pour le moment l'Alsacien Lepéreux, ce cochon de Lepéreux qui ne rate pas une occasion de nous montrer ses talents de sabreur

— Pitié, sidi mon général

— Pas général !

— Sidi mon commandant, pitié pour mes frères et pour moi-même, la main sur le cœur je vous dis et je vous répète que nous sommes des amis de la France, et que c'est pas ici qu'il faut chercher ceux qui veulent vous tuer

— En es-tu sûr ?

— Oui, sidi mon commandant, encore une fois j'en suis sûr

et contre toute attente voilà que notre capitaine rengaine son sabre et croise les bras sur sa poitrine

— Pour une fois j'ai envie de te croire, fils de Mahomet, c'est ma façon à moi de fêter Noël, te croire et t'épargner, parce que chez nous le jour de Noël on a coutume de pardonner à ceux qui nous ont offensés, et c'est pas la peine d'ouvrir des yeux de charbonnier ressuscité, tu me donnes déjà envie de ressortir mon sabre

l'Arabe se jette sur les bottes de pachyderme du capitaine, les caresse, les embrasse, jusqu'à ce qu'il reçoive un méchant coup de pied et roule dans la boue

— Je vous épargne tous, fils et petit-fils de Mahomet, j'épargne vos têtes de fouines aussi franches que des queues de pelle, mais à une condition, vous m'entendez bien ? à une seule condition, c'est que vous nous serviez sans faillir, moi et toute ma troupe, jusqu'à notre départ qui n'est pas pour demain, autant vous prévenir que nous passerons l'hiver au fondouk, et que durant ces mois d'hiver il faudra nous donner à manger, nous trouver de la paille pour dormir et des femmes pour forniquer quand l'envie nous prendra de tisonner quelques garces

— Des femmes, sidi mon commandant ?

— Oui, un trio de moukères roulées salopes, tu vois ce que je veux dire ?

— Non, sidi mon commandant, ici nous n'avons que nos femmes et nos filles et nos garçons

— Et où il est tout ce beau monde ?

— Caché dans les gourbis

avalée par des nuages de mauvais augure la lumière est en train de disparaître, et le vent qui ne cesse de tourbillonner s'est brusquement refroidi et nous gèle les arpions, maudit pays ! sans notre capitaine y a longtemps qu'on aurait troué la peau de ces sauvages et occupé leurs bicoques, à quoi ça sert de palabrer avec des bédouins qui ne pensent qu'à vous couper les couilles ?

— Lepéreux, prends quatre hommes et va me chercher les femelles

ordonne le capitaine

il s'exécute, Lepéreux, et sabre au clair il entraîne quatre soldats derrière lui, trop contents tous les cinq de foutre un peu le bordel dans ces gourbis, et ils les ramènent les moukères du fondouk, les plus dociles enroulées dans leurs voiles et pleurnichant de peur, tenant contre elles leur marmaille, les autres qui leur crachent au visage et ruent des quatre fers ils les tirent par les cheveux, leur bottent le cul, les assomment à moitié

— C'est fait, mon capitaine

Lepéreux au garde-à-vous a l'œil tout ragaillardi, la bouche luisante d'une bestiale salive il attend des ordres qui ne viennent pas, le capitaine est parti inspecter le troupeau de femelles, arrache des voiles, palpe des joues, ausculte avec des doigts farfouilleurs les bouches aux dents venimeuses

— Elles sont belles et bonnes vos femmes ! vraiment vous en avez de la chance ! on n'a pas ça nous autres dans nos campagnes de France ! toutes vérolées, cabossées, épuisées par le travail et la ponte !

on cache comme on peut derrière nos fusils la franche rigolade qui nous secoue, pour un peu on s'en ferait péter la ventrière

— Mille dieux ! ils s'en font pas les fils de Mahomet !

et sans se gêner il palpe un nichon par-ci, une fesse par-là

— Faut palper pour le croire !

mais ce qu'il n'avait pas prévu, notre capitaine, c'est la jalousie mal placée de ces Arabes, leur fierté maladive, et d'un coup voilà qu'un borgne aux sales cheveux crépus sort du groupe des hommes agenouillés et se précipite sur lui en pointant son yatagan

— Gare !

crie Lepéreux

et notre capitaine fait volte-face avant même que le borgne l'atteigne, d'un coup de sabre il lui tranche la main, d'un autre il le décapite, c'est net, sans bavure, et le sang gicle, et les femmes piaulent, et les Arabes à genoux enfoncent leurs ongles dans la paume de leurs poings impuissants

— Nom d'un bordel !

rugit le capitaine

c'est un lion cet homme, et c'est bien pour ça que nous sommes fiers qu'il soit notre capitaine

— Ce sont nos femmes, sidi mon général

— Commandant !

— Oui, sidi mon commandant

— Qu'est-ce que tu allais dire, le vieux ?

— Que ce sont nos femmes, et que chez nous on touche pas la femme d'un autre

le capitaine essuie son sabre sur le drap de son pantalon, d'une main nerveuse rejette ses cheveux sur l'arrière de son crâne

— N'ai-je pas dit que vous deviez nous servir sans faillir ? moi et ma troupe ? ne vous ai-je pas avertis que je n'épargnais votre tête qu'à la condition que vous contentiez tous nos désirs ? nos désirs de manger, nos désirs de dormir dans de la bonne paille, et nos désirs de forniquer avec vos femmes ?

— C'est pas possible, sidi mon commandant

— Qu'est-ce qui n'est pas possible ?

— De niquer nos femmes, ce sont nos femmes, elles sont à nous, c'est Allah qui nous les a données, et Allah le Tout-Puissant ne permet pas que d'autres hommes s'en servent

— Réfléchis bien, le vieux, réfléchis bien à ce que je vais te dire, et ouvre grand tes foutus yeux de bourricot

— Je les ouvre, sidi mon commandant

— J'ai pris ton fondouk à la pointe de mes baïonnettes et de mon sabre, et j'en suis le maître, le maître absolu qui a droit de vie et de mort sur chacun de vous, toi, toi, et toi

et il passe le pouce en travers de son cou, comme s'il se préparait à couper la tête de ceux qu'il vient de désigner avec son sabre

— Je donne un ordre à mes soldats et vous y passez tous, hommes jeunes ou vieux ça fait pas de différence, vous disparaissez de ma vue et vos femmes que tu me refuses seront de toute façon à moi et à mes hommes, le vieux, tu n'as pas le choix

l'Arabe ferme les yeux, entortille ses mains dans les plis de son burnous, concentré sur des prières qu'il marmonne dans sa barbe en se foutant des menaces de notre capitaine

— Tu ne me crois pas, c'est ça ? tu imagines que mes chefs à Alger ne me donnent pas le droit de couper à ma guise toutes vos têtes d'assassins ? eh bien tu te trompes, depuis dix ans je passe mon temps à razzier vos villages et vos champs, à tuer ceux qui me résistent, à violer leurs femmes, c'est mon travail de soldat, on me donne ce qu'il faut pour que je l'accomplisse, et on me félicite à Alger et en France lorsque je remporte des victoires, alors ce n'est pas trente crève-misère vivant dans un fondouk perdu au fin fond d'une terre du diable qui vont s'opposer à ce que j'ai décidé, tu as compris, le vieux ?

— Ce sont nos femmes, sidi mon commandant

répond l'Arabe en osant relever la tête pour planter ses yeux dans ceux du capitaine

— Nom d'un bordel ! mais il se fout de ma tronche, le vieux chacal ! il se paye ma bobine bien peinard dans ses babouches pendant que je m'use la salive à lui expliquer comment ça fonctionne la guerre

et voilà notre capitaine qui dresse une nouvelle fois son sabre et l'abat sur le cou du vieux, la tête roule dans la boue pendant que le corps reste un moment agenouillé à pisser le sang

— Nom d'un bordel !

et c'est comme un signal, les trente Arabes sortent de leurs guenilles trente yatagans et foncent sur nous en hurlant de rage, qu'est-ce qu'ils croient les fils de Mahomet ? qu'ils vont nous faire peur ? les fusils aussitôt redressés on leur plante dans le ventre la lame aiguisée de nos baïonnettes et on taille sans retenue dans cette bidoche mahométane, on la troue, on la malaxe, on la réduit en bouillie, pendant que ça crie autour de nous, sans qu'on entende les cris, pendant que ça gicle dru, sans qu'on voie ce qui gicle sur nos capotes

c'est vrai qu'on n'est pas des anges

mais a-t-on besoin d'anges pour pacifier ces terres de barbarie ?

— Non, mon capitaine, on n'a pas besoin d'anges ! on a besoin de soldats, de cette race de soldats qui n'a peur de rien !

■

Le lendemain est un autre jour gris, sale, pesant d'un poids inhabituel de nuages qu'on dirait échappés des pires ténèbres africaines

le capitaine levé avant nous tous donne ses ordres, on s'aligne devant lui mal réveillés, les capotes et les shakos de travers, le corps tout infesté par la vermine des gourbis, et fatigués, rompus, vidés par nos ruades de boucs entre les cuisses des moukères résignées

il veut qu'on débarrasse la cour de ses cadavres, qu'on la nettoie, qu'on range notre barda dans les gourbis

— De la tenue, soldats ! on est coincés ici pour au moins deux mois, fini le foutoir du fondouk, de la discipline et de l'organisation, nom d'un bordel ! on décrotte, on décrasse, on lessive, et on astique, voilà le règlement de caserne que j'entends imposer !

arpentant à grands pas la cour et enjambant d'un air dégoûté les cadavres, il nous regarde de travers

— Exécution !

on claque des talons, et on salue notre capitaine qui rejoint l'espèce de tour à un étage qu'il s'est réservée, on voit que sur la terrasse du toit il a planté un drapeau français, et ça nous donne du cœur au ventre ces trois couleurs qui rayonnent avec orgueil dans ce désert de grisaille

les jours qui suivent on les passe à traîner d'abord les cadavres loin du fondouk pour les entasser à proximité de l'oued, en espérant que les lions du désert et autres hyènes, chacals et vautours, s'empresseront de nous nettoyer la place, et puis on s'occupe du sang qui s'étale en flaques noirâtres dans la cour, on le fait disparaître sous des pelletées de terre et de cailloux, on frotte les portes maculées de taches, on lave à grande eau le gourbi où trois femmes qui ont refusé de se soumettre se sont planté un couteau dans le cœur, et enfin on allume un feu au milieu de la cour pour brûler la paille souillée, les hardes couvertes de vermine, et tout un fatras qui ne nous est d'aucune utilité

on travaille jusqu'au soir, et à la nuit tombante on se réchauffe la couenne autour des feux, les muscles revigorés par l'espèce de couscoussou que préparent nos moukères, on boit la gnôle que notre capitaine n'oublie jamais d'emporter dans ses expéditions

— Il n'y a pas de bon soldat sans gnôle, pas vrai mes braves ?

affirme notre capitaine, assis comme un pacha sur un trône en bois sculpté qu'il a trouvé dans la tour et qui lui sert à donner ses ordres, à imposer sa discipline au troupeau de moukères

on acquiesce, parce qu'au fond de nous-mêmes on sait bien qu'il a raison, qu'on ne serait pas aussi déchaînés dans les batailles si on n'avait pas notre gorgée de gnôle pour nous incendier les méninges

les nuits sont claires, sans un souffle parce que le vent du nord est tombé d'un coup, et c'est comme une bénédiction ce fouillis d'étoiles suspendu au-dessus de nos têtes, une grâce divine du ciel avec lequel nous nous sentons réconciliés, et si nous ne sommes pas des anges il y a certaines nuits où nous sommes tout près de le regretter

— N'est-ce pas capitaine ?

c'est à son tour d'acquiescer, il tient sur un de ses genoux la fille qu'il s'est choisie, une Berbère à l'œil sauvage que nous autres soldats nous ne pouvons même pas approcher, elle est à lui la Aïcha, cette gazelle des montagnes qui n'a pas vingt ans, et il a bien l'intention d'en profiter durant nos deux mois d'hivernage, il a décapité son père, mais elle ne lui en veut pas, ou alors elle fait semblant de ne pas lui en vouloir et attend son heure, la perfide femelle, et nous autres soldats avons comme l'impression que notre capitaine est entré dans son jeu et que lui aussi attend qu'elle se trahisse pour lui couper la tête

Lepéreux a partagé entre nous les femmes en âge d'ouvrir les cuisses, il en a trouvé une vingtaine entre quinze et cinquante ans, et ça fait que nous disposons d'une moukère pour trois ou quatre soldats, ce n'est pas si mal, un jour c'est l'un, le lendemain c'est l'autre, il n'y a pas de bagarres, pas d'embrouilles, de toute façon le capitaine nous a à l'œil

cette vie de caserne ça nous panse nos blessures, on ne crapahute plus le ventre vide sur des chemins de poussière et de boue, on peut chier ou pisser tranquille à l'abri des guenillards kabyles toujours prêts ceux-là à nous couper les couilles, on mange à notre faim en tapant dans les réserves du fondouk, on chasse le lièvre et l'antilope pour améliorer l'ordinaire, on a rangé le fusil et la baïonnette et avec les moyens du bord on fait le maçon ou le charpentier, on s'étripe aux cartes des heures durant dans la chaleur des braseros lorsqu'il pleut ou qu'il neige, et que la pluie ou la neige tombées en abondance nous forcent à couver dans la paille les vermines qui nous collent au cul

c'est dans la neige qu'on chasse le mieux, lorsque en une nuit il en tombe un bon mètre et que disparaissent d'un coup ces terres de misère culbutées comme par miracle par des horizons vierges de tout péché, de toute canaillerie, on est dix à se réveiller ébaubis par tant de lumière répandue, tant de silence imposé par quelque puissance supérieure qu'on préfère ignorer, nous soldats du diable, et il nous faut frotter nos yeux chassieux et gratter les trous de nos oreilles pendant longtemps pour y croire, et à la fin on est dix à chausser en vitesse nos grolles, enfiler nos culottes rapiécées, sauter sur nos fusils et se précipiter dans la neige, Raymond le Nantais en tête parce que c'est lui le chasseur, c'est lui qui n'a jamais raté un lièvre en pleine course, qui est capable de crever la paillasse d'une gazelle à cent pas avec un seul coup de fusil

dans la neige qui nous bouffe la moitié des jambes on est presque au pays, on se revoit gamins entortillés dans nos cache-nez, et arpentant les rues des villes et des villages qui nous ont vus naître, et criant de joie et de froid, et envoyant nos satanées boules de neige dans les vitres des diligences, les bonnets de fourrure des gros bourgeois, les pèlerines virevoltantes des cocottes

— Raymond, qu'as-tu vu ?

— Vos gueules, les bougres !

il s'est agenouillé, le Raymond, fusil pointé, et nous l'imitons en cherchant à droite et à gauche ce qui a bien pu l'alerter, mais nous ne voyons rien, sinon les touffes de palmiers nains postées comme des sentinelles dans le champ de neige, et nous nous contentons d'attendre, cachant comme nous pouvons nos haleines blanchies par le froid derrière les manches de nos capotes

et puis voilà qu'un lièvre déboule de derrière un palmier et bondit dans la neige, cavale, zigzague, fait des sauts du tonnerre qui lui donnent des ailes, et on se dit qu'un pareil animal se fout bien des fusils des bougres ou du Raymond, que rien ne peut l'atteindre ce foutu tricoteur, et on a tort, car le coup de fusil qui soudain claque dans le silence n'a pas été tiré pour rien, vous pouvez me croire, touché en plein saut la bête retombe presque morte, les pattes se plient sous le corps qui pirouette, se recroqueville et s'immobilise

— Mille dieux ! j'l'ai pas raté çui-là !

s'exclame le Nantais en s'essuyant la moustache d'un revers de main

on se précipite sur le lièvre encore tout palpitant d'une vie qui a foutu le camp, ses gros yeux nous regardent avec cette sorte de soumission du vaincu, de celui que nos pétoires invincibles ont envoyé de vie à trépas, et il le sait qu'il va mourir, c'est l'instinct de la bête comme de l'homme de savoir quand elle va calancher, par sa blessure près de la tête le sang coule et se répand, teinte la neige d'un sang frais tout fumant, clair comme une eau, et rouge au point d'obscurcir la trop forte lumière qui entre dans nos yeux

ça va pas ensemble le sang et la neige, on le sait bien nous autres qui regardons avec des yeux faussement naïfs, mais ça fait belle lurette qu'on s'en fout

alors Raymond attrape le lièvre par les oreilles et le fourre dans sa carnassière, se redresse et inspecte les champs à perte de vue

— Par là

déclare-t-il sûr de lui, sûr d'être celui qui nous conduira au bon endroit, là où les bêtes vont boire l'eau de l'oued ou brouter les maigres broussailles, mais il n'a plus besoin de nous guider, la vue du sang nous a réveillés, et le temps que le soleil atteigne le haut du ciel nos carnassières sont bourrées de lièvres, lapins, perdreaux et autres bestioles à plumes dont les cuisses et le ventre sans avoir de nom grilleront tout aussi bien sur les braises de nos feux d'enfer

ça nous aiguise les mâchoires, cette chair, ça nous fait monter à la bouche le jus de notre faim jamais rassasiée

— Rentrons

décide Raymond

oui, rentrons, et rassasions-nous, remplissons notre ventre affamé, et buvons la gnôle qui met le feu aux boyaux, et foutons nos moukères que nous forçons à s'ouvrir à nos ruades de boucs

à présent il fait presque chaud dans la neige frappée par les rayons du soleil, nous chantons à pleine gorge

Courons au carnage
Vive le pillage
Mitraillons
Brûlons, saccageons !
Et cueillons des galons :
Nous colonisons !

pendant que goutte le sang des carnassières dans les pas de nos grolles trempées, et que des vautours tournent comme des toupies au-dessus de nos têtes

et puis c'est en traversant l'oued qu'on tombe sur deux guenillards en train de pisser, sac en bandoulière et capuchon sur la tête, et ils n'ont pas le temps de camoufler leurs couilles qu'on est déjà sur eux, les renversant dans la neige à coups de pied, et les immobilisant avec le canon de nos fusils plantés dans leurs burnous

— Alors, les Arbicos, on exhibe sa tuyauterie

le Nantais ricane dans sa barbe et se frotte les mains, pendant que les guenillards le toisent d'un œil mauvais

— Répondez, mille dieux !

mais que peuvent-ils répondre ? ils ne connaissent rien à notre langue, et le Raymond s'énerve, profite de ses muscles de foire pour les attraper par le burnous, les redresser et les planter sur leurs pieds

— On pisse pas devant les soldats du capitaine Landron ! mais bien au contraire on s'agenouille, et on remercie ceux qui sont venus de France pour nettoyer votre foutu pays, le débarrasser de ses égorgeurs ! on les remercie bien bas !

le soleil est en train de disparaître derrière l'horizon, et soudain le froid nous mord plus durement le visage, brûle plus vivement nos mains qui tiennent les fusils

il s'égosille en vain, le Raymond, secoue et donne des coups de poing dans les burnous qui se taisent, et à la fin décide de s'en remettre au capitaine, que faire d'autre ?

— Mais rien, Raymond, rien

lui répondons-nous

alors on reprend notre marche en poussant les guenillards qui traînent les pieds, pressés que nous sommes de retrouver les feux du fondouk, et c'est justement parce qu'on est fatigués, qu'on a froid, et les yeux pas tout à fait en face des trous, que nos deux bédouins soudain nous bousculent et tentent leur chance dans le champ de neige qui s'ouvre devant eux

— Ah ! les fils de chien !

rugit le Nantais

il épaule son fusil, et nous sommes dix à faire le même geste, dix doigts qui pressent la détente, et dix charges qui s'en vont dans les obscurités du soir frapper les deux burnous pour les faire trébucher, les stopper net dans leur fuite, et leur couper le souffle une fois pour toutes

ils tombent, avec dans le dos des étoiles de sang qui s'élargissent

on attend de voir ce qui va se passer, mais il ne se passe rien, la neige boit le sang des hommes comme elle a bu celui des bêtes, alors on remet le fusil à l'épaule, contents tous les dix de ce qu'on vient de faire, et on repart aussitôt, et on se dépêche de rejoindre le fondouk

derrière nous des vautours ont déjà repéré les cadavres, et en silence, dans le grand silence chargé de neige qui descend des montagnes, ils viennent y plonger le bec.

(RUDE BESOGNE)

Et puis, parce que tout doit être oublié ou pardonné dans cette vie, nous avons fini par enfouir bien au fond de nos entrailles nos peines les plus vives, celles qui jamais ne s'éteignent, et poussés par cet inexplicable instinct de survie nous avons recommencé à nous battre contre le soleil, contre la terre revêche, contre ces Arabes jour et nuit à l'affût et qui n'attendaient que le moment propice pour nous sauter dessus et nous écharper

au fil des mois la colonie a retrouvé l'énergie qu'elle avait perdue au temps du choléra, notre capitaine qui avait tous les pouvoirs s'est démené jour et nuit pour nous apporter les commodités que nous étions en droit d'exiger, un curé est arrivé d'Alger pour soulager notre peine et dire la messe du dimanche matin, l'abbé Monin, un colosse jovial qui n'a pas hésité à tomber la soutane pour construire avec nous un rectangle de torchis percé de meurtrières dans lequel il a maçonné une espèce d'autel et installé des bancs mal équarris

— Voilà mon église !

s'est-il exclamé à la fin

— Elle est ouverte à tous, alors profitez-en !

avec Rosette et Célestine nous avons pris l'habitude d'assister toutes les trois à la messe du dimanche, les fidèles étaient nombreux, entassés sur les bancs de cette pauvre église et souvent debout dans la poussière de la rue qui n'était pas encore une rue mais qui était en train de le devenir, et tous ainsi rassemblés, nous priions pour nos chers disparus, et nous priions pour notre communauté de survivants qui n'était pas très vaillante et qui en avait bien besoin, quant à l'abbé Monin, perché sur une échelle qui lui servait de chaire, il ne manquait jamais une occasion d'asticoter ses ouailles, parce qu'il savait bien que ces ouailles-là, femmes en majorité, à la peau grise et ridée de fatigue, aux joues creuses et aux yeux sans éclat, étaient des ouailles rescapées de l'enfer, et donc des ouailles à réveiller, à secouer, à remettre sur pied pour ainsi dire, et à conforter dans le choix qu'elles avaient fait de traverser la Méditerranée pour aller coloniser des terres qui devaient, le gouvernement de la France en était sûr, les enrichir bien au-delà de leurs espérances

mais pouvions-nous retrouver la confiance perdue ?

pour ma part je priais sans conviction, c'était plus fort que moi, j'étais presque certaine que les mots que j'adressais à Dieu ne servaient à rien, qu'il ne les entendait pas, et lorsque j'écoutais l'abbé Monin je pensais à autre chose, est-ce que son pouvoir d'homme d'Église ne s'arrêtait pas aux portes de l'enfer ? je ricanais malgré moi en le voyant agiter dans les airs ses mains poilues, pointer sur nos têtes blanchies un doigt assuré, pour ne pas dire infaillible, je me disais que j'aurais bien voulu le voir à l'œuvre lorsque l'enfer a ouvert ses abîmes sous nos pieds, qu'aurait-il fait pour sauver le mari de Rosette ? et mes deux garçons ? et le père et le fils de Célestine ?

je préférais chasser ces questions de mon esprit lorsqu'à la fin de la messe nous nous embrassions, sortant de l'église à moitié réconfortés et clignant des yeux sous le grand soleil africain, la vie n'avait-elle pas repris ses droits ? il fallait bien l'admettre, puisque tout changeait autour de nous, tout s'améliorait, tout prenait forme

sainte et sainte mère de Dieu, y êtes-vous pour quelque chose ?

et avec ce curé nous est arrivée de Bône une institutrice qui avait fait le voyage dans le convoi de l'armée chargé de nous ravitailler en vivres et en matériel deux fois par semaine, c'était une femme toute jeune, blonde comme les blés, elle a fait la classe à nos enfants dès le lendemain, dans une cabane de fortune qu'avait fait construire le capitaine avec des bambous, des branches d'arbres morts trouvés dans l'oued, et des palmes entassées sur le toit pour protéger du soleil

c'est idiot, mais on s'est dit, Henri et moi, que l'école était le signe qu'on avançait sur le bon chemin, qu'on allait peut-être s'en sortir en travaillant dur à l'exploitation de nos sept hectares de terre

et puisque dans l'étable commune on avait droit à un bœuf par famille, un matin nous nous y sommes mis, on a planté la charrue à un bout de nos deux hectares réservés à la culture du blé, attelé le bœuf, et Henri a commencé à tracer un sillon dans la terre durcie par des années de jachère, pendant que je tenais le bœuf par son harnais et le conduisais à l'autre bout du champ derrière moi Henri cramponné aux manches de la charrue poussait tel un forçat, le fusil chargé en travers du dos, la chemise aussitôt trempée de sueur, les veines du front lui sortant presque de la tête tant il fallait faire d'efforts pour maintenir la lame tranchante du soc enfoncée dans la terre qui résistait à la charrue, comme si d'éventrer cette terre africaine était un sacrilège, mais Henri a tenu bon, et lorsque nous avons atteint l'autre extrémité du champ, nous nous sommes arrêtés et retournés, et tout en nous étreignant nous nous sommes exclamés

— En voilà un !

c'était un beau sillon, à peu près droit, montrant de grosses mottes caillouteuses, et nous étions fiers que nos mains n'aient pas oublié les gestes du travail qu'elles savaient faire, après tant de mois passés à s'occuper dans l'urgence de tout autre chose

— Continuons

ai-je dit en forçant le bœuf à faire demi-tour

et sous le ciel d'un automne encore chaud nous avons labouré jusqu'au soir, ne nous arrêtant que pour manger un quignon de pain, croquer dans un oignon et boire l'eau fraîche de la cruche, ensuite nous sommes rentrés à la maison avec le bœuf et nos outils, et avons retrouvé Rosette qui préparait la soupe et en même temps écoutait Caroline lire un à un les mots que lui montrait son doigt dans le livre de lecture qu'avait donné l'institutrice à chacun des élèves

— Maman, la maîtresse nous a dit qu'on allait avoir bientôt des cahiers, de l'encre et des porte-plumes

— Elle vous a dit ça ?

— Oui, elle nous a dit ça

— Alors ce sera une vraie école, il ne nous restera plus qu'à construire de vrais murs et à poser dessus un vrai toit

Célestine et son fils sont venus manger à notre table comme ils le faisaient à peu près tous les jours, ils étaient trop seuls, trop isolés pour s'en sortir sans nous, et Célestine comprenant bien qu'il ne lui était pas possible de cultiver ses sept hectares nous les avait donnés à travailler, en échange de quoi elle partagerait les récoltes, si récoltes il y avait, et en attendant elle avait accepté le travail de serveuse que lui proposait Gaston Frick, débordé par le succès de sa taverne

— Alors ce champ, vous l'avez labouré ?

a demandé Célestine

— On a commencé

et je lui ai montré les mains d'Henri, rougies, boursouflées, cloquées

— C'est qu'on a plus l'habitude, tu comprends, plus du tout l'habitude, mais ça va revenir

nous avons mangé la soupe, bu du vin, parlé à tort et à travers avec cet entrain d'autrefois qui n'était pourtant plus dans nos habitudes, seul le petit Gérard, le garçon de Célestine, ne disait rien, depuis qu'il avait vu son frère être emporté par le choléra il rechignait à s'exprimer, ne jouait pas avec les autres garçons, et regardait tout le monde de travers comme si chacun de nous était responsable de la mort de ce frère qu'il aimait tant

Célestine était allée voir le médecin militaire qui avait haussé les épaules et conseillé à la mère de faire boire au garçon des tisanes en attendant que sa mémoire d'enfant oublie les horreurs vécues, et j'en avais profité pour lui demander d'examiner ma fille, mais il ne lui avait rien trouvé d'anormal, Caroline sans qu'on sache pourquoi avait réussi à oublier la mort de ses deux frères, en apparence tout au moins, avait conclu le militaire, et je me souviens qu'il avait eu le culot d'ajouter, Madame, quoi qu'il en soit, on ne part pas à l'aventure avec des enfants, et j'en avais eu le souffle coupé de l'entendre me dire ça, j'étais ressortie en claquant la porte, sans même le saluer

le lendemain Henri et moi sommes retournés dans le champ, avec le bœuf docile qui se laissait conduire en soufflant des jets de vapeur par les trous de ses naseaux envahis de mouches, comme si l'hostilité de cette terre à travailler était sur le point de le terrasser, nos deux hectares n'étaient heureusement pas très loin du village, nous étions à pied d'œuvre bien avant les autres qui étaient obligés de s'enfoncer dans la campagne pour atteindre leurs champs, et souvent jusqu'à des distances qui les dérobaient à la vue des soldats postés en sentinelle autour du chemin de ronde des nouveaux remparts fortifiés, si bien que nous pouvions travailler sans crainte d'être attaqués, et si Henri s'obstinait à conserver son fusil chargé c'est qu'il craignait l'attaque de quelque lion ou panthère affamés, et je ne pouvais pas lui donner tort parce qu'un terrible sort avait été réservé au fils des Marange, qui était parti seul et sans arme bêcher un champ de pommes de terre et s'était fait dévorer par un de ces lions du désert qui ne vous laisse aucune chance sainte et sainte mère de Dieu, si j'avais su ce qui nous attendait, nous autres colons

le lion avait mangé la moitié du fils Marange, et les hommes du village avaient organisé une battue pour tuer cette bête fauve à crinière noire qui terrorisait la région et que les balles des fusils rataient à tous les coups, commandés par le capitaine une trentaine d'hommes avaient parcouru la campagne deux jours durant, jusqu'à la forêt de l'ouest, et même au-delà, mais ce terrible lion avait déjoué tous les pièges, et pour ne pas revenir bredouille le capitaine avait tué une panthère qui avait été rapportée pendue par les pattes à une branche et exposée sur la place

— Henri ?

assis sur la souche d'un arbre mort il reprenait des forces, écoutant les ruminations du bœuf immobile et les yeux clos

— Henri, est-ce que tu crois qu'on va s'en sortir ?

il a haussé les épaules

— Il va bien falloir qu'on s'en sorte

et m'a regardée comme s'il était sûr que ce qui nous attendait était au-dessus de nos forces, et d'un coup je me suis sentie perdue, fétu de paille sous le ciel immense, livrée impitoyablement au soleil, au choléra et au paludisme, aux fauves affamés tout aussi bien qu'aux indigènes qui ne nous supportaient pas et qui chassaient le roumi que chacun de nous était devenu avec la même férocité que le lion chasse sa proie, car après tout c'est ce que nous étions en train de devenir, des proies

— On a déjà perdu nos deux fils

ai-je marmonné, cachant le tremblement de mes mains dans les poches de mon tablier, et puis j'ai aspiré beaucoup d'air, gonflé la poitrine et soupiré un grand coup pour évacuer cet obscur pressentiment qui me tenait les côtes comme dans un étau

— Allons-y

j'ai repris le bœuf par son harnais, et Henri me voyant faire s'est redressé, a rallumé sa pipe avant d'en rabattre le couvercle et de cracher dans ses mains

— Oui, allons-y

et nous avons poursuivi notre travail de laboureurs, défonçant cette terre qui, j'en suis bien certaine, depuis sa création n'avait jamais connu le soc d'une charrue, à chaque pas je ressentais malgré tous nos malheurs une espèce de fierté, et sans doute qu'Henri ressentait la même chose, oui une espèce de fierté qui était peut-être plus que de la fierté, qui ressemblait plutôt à de l'orgueil, j'ose le dire, un orgueil sans doute mal placé mais qui se justifiait par le fait que cette terre soumise depuis des millénaires aux humeurs de cette effroyable barbarie africaine était enfin tirée de ses ténèbres par la volonté de colons riches et pauvres, forts et faibles, hommes, femmes et enfants qui ne cherchaient rien d'autre qu'à tracer des sillons bien droits et bien profonds, comme nous étions en train de le faire en cette après-midi d'automne, pour récolter blé, orge, tabac et raisin, et tant d'autres richesses qu'offre la terre lorsque l'homme la travaille avec ardeur et intelligence

le soleil a disparu derrière les montagnes pendant que les oiseaux sortaient des taillis et s'envolaient en piaillant, une perdrix rouge s'est posée sur la crête d'un sillon et Henri l'a tuée d'un coup de fusil qui a résonné jusqu'aux fins fonds du ciel, il était temps d'arrêter le travail

— Henri, on passe au cimetière avant de rentrer ?

— Si tu veux

dans le sentier on a rencontré d'autres colons qui retournaient au village, ils traînaient les pieds dans la poussière, cachaient leur fatigue derrière cette jovialité de ceux qui rentrent enfin chez eux, un bœuf attelé à une charrette ne voulait plus avancer et bloquait le passage, on s'est arrêtés, et on en a profité pour saluer la compagnie et se plaindre des friches qui étaient vraiment dures à travailler

— Oui, c'est une terre pas commode

a dit quelqu'un

et pendant que ces gens prenaient la direction du village, nous avons bifurqué pour rejoindre le cimetière qui s'était agrandi tant les morts emportés par le choléra avaient été nombreux, et qui s'agrandissait encore parce que toutes les semaines quelqu'un mourait de quelque chose, j'ai attaché le bœuf au tronc d'un arbre et j'ai marché dans l'allée qui conduisait à nos tombes, suivant Henri qui ne m'avait pas attendue, à son épaule la perdrix morte avait mouillé de son sang la gibecière, et ce sang d'oiseau tombait goutte à goutte dans la terre et me guidait mieux que n'aurait fait ma mémoire qui souvent ne s'y retrouvait pas dans le fouillis des croix de bois

pourquoi tant et tant de gens étaient-ils déjà morts ?

je regardais les noms, les prénoms, les dates de naissance et de mort quand il y en avait, et je me disais que ces gens fauchés par une faux aveugle avaient été mes compagnons sur la frégate *Labrador*, qu'ils avaient mangé et dormi avec moi, vomi avec moi toutes leurs tripes dans les roulis d'une mer démontée, crié avec moi de soulagement lorsque le bateau était entré dans le golfe de Bône

alors pourquoi eux étaient-ils morts et pas moi ?

arrivée devant les deux croix de mes fils je me suis dépêchée de m'accrocher au bras d'Henri, parce qu'il me fallait à chaque fois le secours de quelqu'un pour encaisser le coup qui m'était porté au cœur, coup si rude qu'il m'ébranlait de la tête aux pieds, au point que j'étais toujours à deux doigts de m'évanouir

— Ils vont bien ?

ne pouvais-je m'empêcher de demander

— C'est une question qui ne se pose pas, quand on est au ciel ça va toujours bien

me répondait Henri

— Je n'en suis pas si sûre

et je finissais par m'adresser directement à eux

— Allez-vous bien mes deux fils chéris ?

attendant qu'ils me répondent par un signe quelconque, la danse virevoltante d'un papillon autour de la croix, le froissement des palmes d'un palmier nain, la dégringolade d'un caillou au passage d'un lézard, ça pouvait prendre du temps cette histoire de signe, et Henri demeurait patiemment à côté de moi, les bras croisés, envoyant des ronds de fumée dans ce silence qui n'appartenait qu'aux morts, ça pouvait même s'éterniser, mais il faut dire que jamais ma question ne restait sans réponse, et par l'intermédiaire d'un papillon, d'un palmier ou d'un lézard j'avais au bout du compte la réponse dont j'avais besoin, Oui nous allons bien, maman, tu peux aller manger ta soupe, te coucher et dormir sur tes deux oreilles jusqu'à demain matin

ce n'était pas grand-chose, mais mon cœur rasséréné trouvait dans ces manifestations de la nature une manière de panser ses plaies.

■

Les jours ont passé, les pluies interminables de l'hiver, les attaques des lions qui s'en prenaient la nuit à nos vaches et nos moutons, les pillages de nos récoltes par les Arabes des douars alentour, le massacre de ceux d'entre nous qui n'étaient pas assez prudents

dois-je raconter ce qui ne devrait pas l'être ?

un couple, homme et femme qui avaient travaillé dur pour ouvrir une sorte de quincaillerie, avaient embourbé leur charrette sur la route de Bône, le convoi avait poursuivi son chemin, et eux en attendant les secours qu'on devait leur envoyer s'étaient réfugiés à l'ombre d'un arbre, et dans ce temps d'attente des Arabes sortis de quelque douar se précipitèrent sur eux et les massacrèrent

dois-je raconter ce qui ne devrait pas l'être ?

les moukères emportées par la haine s'acharnèrent sur la femme, notre voisine et amie qui était enceinte de six mois, lui tranchèrent les seins avant de lui ouvrir le ventre et d'étaler au soleil le corps à peine formé de cet enfant qu'elle portait sainte et sainte mère de Dieu, ne vaut-il pas mieux que je me taise ?

les jours, les mois ont passé, et ont enseveli tout ça, les pluies interminables, les attaques des lions, les pillages de nos récoltes et le massacre de quelques-uns d'entre nous

— Je vous promets de punir les coupables

affirmait le capitaine

et pour faire taire les discours vengeurs de ceux qui voulaient raser les douars, il a distribué à chacun de nous des doses de sulfate de quinine à prendre tous les jours pour combattre les fièvres mortelles du paludisme

— Le gouvernement de la France, conscient des luttes quotidiennes que vous devez mener, s'occupe et de votre santé, et de votre sécurité, soyez-en sûrs !

s'occupait-on vraiment de nous dans les bureaux des palais d'Alger et dans les ministères parisiens ? nous n'en étions pas si sûrs, nous tous colons d'Algérie, et c'est sans doute pour cela qu'un beau jour on a vu arriver le gouverneur de l'Algérie en personne, et le général Mac-Mahon, et le général Canrobert, en grandes tenues militaires sur leurs beaux chevaux piaffant d'impatience, ils nous ont félicités, flattés, encouragés, du haut de leurs montures sur lesquelles ils se tenaient comme des pachas ils voyaient loin, ils voyaient grand, prêts à verser sans compter le sang de leurs soldats pour que nous puissions récolter fortune et bonheur

joues rubicondes, ventres bien remplis, bottes cirées de frais qui jetaient des éclairs aux quatre coins du village et puis ils sont repartis parce qu'il fallait bien porter ailleurs et partout la bonne parole, et notre village a retrouvé son calme, et sa routine, et dans ce calme et cette routine nous n'avons pas oublié de prendre tous les matins notre quinine, d'aller surveiller fusil à l'épaule les graines que nous avions semées et qui éclataient à présent, livrant aux rayons du soleil des milliers de pousses vertes qui ne demandaient qu'à grandir, qu'à forcir pour que nous puissions récolter en quantité blé, orge et avoine dont nous aurions grand besoin au début de l'hiver, non, nous n'avons pas oublié de reprendre nos habitudes quotidiennes, d'aller à la messe le dimanche, de rendre visite à sœur Catherine qui s'était installée à demeure dans notre village pour aider l'institutrice, le médecin, et ceux que le sort ne ménageait pas, pas oublié non plus de consoler nos morts qui devaient se sentir bien seuls au milieu de leurs croix dégingandées gardant en mémoire des noms et des prénoms que le soleil et la pluie étaient déjà en train d'effacer

nous étions si occupés, Henri et moi, que nous avons été bien incapable d'imaginer ce que nous voulait Rosette lorsqu'un soir, après le travail, alors que nous donnions de l'herbe aux lapins enfermés dans leurs clapiers, ma sœur s'est plantée devant nous, les mains sur les hanches, l'œil décidé

— Il faut que je vous parle à tous les deux

— C'est grave ?

— Non, ce n'est pas grave

nous avons mangé la soupe comme d'habitude, avec Célestine et son fils, parlé du printemps et de ce que les terres pourraient rapporter cette année si les températures ne grimpaient pas trop, si le soleil n'anéantissait pas tous nos efforts, l'abbé Monin a montré sa tête pour nous dire qu'il y aurait fête au village pour les Rameaux et qu'il faudrait venir l'aider, on lui a offert un verre de vin qu'il a bu en vitesse avant d'aller frapper à d'autres portes

Célestine et son fils sont partis se coucher, et je suis allée embrasser Caroline qui était déjà dans son lit, et puis je suis revenue m'asseoir à la table avec Rosette et Henri

— Alors ma sœur, qu'est-ce que tu as à nous dire ?

elle a bu le vin qui restait dans le fond de son verre, a posé à plat ses mains sur la table et nous a annoncé

— Voilà, j'ai bien réfléchi avant de me décider, mais à présent je suis sûre de moi : je vais me remarier

— Et avec qui ?

lui a demandé Henri

— Avec le fils Gautier, Fernand

— Celui dont les parents et la femme sont morts du choléra ?

— Oui, celui-là

— Qu'est-ce qu'il fait depuis qu'il a quitté notre village ?

— Il est fermier pour le compte d'un commerçant qui a un grand domaine sur la route de Bône, on va se marier et après j'irai vivre chez lui, je m'occuperai de ses deux petites filles et j'essaierai d'avoir un garçon

nous nous sommes regardés, Henri et moi, sans savoir quoi lui répondre

— Vous trouvez que c'est trop tôt ?

— Non, Rosette, ce n'est pas trop tôt, je ne veux pas que ma sœur sacrifie sa vie pour respecter la mémoire d'un homme qui n'est plus

Rosette a posé la main sur mon bras, presque soulagée

— J'avais peur qu'Henri et toi n'acceptiez pas ma décision

— Tu n'as pas l'âge de te sacrifier

on a tous les trois baissé la tête, le falot pendu aux poutres s'est balancé d'avant en arrière sous l'effet de la brise de nuit qui entrait par la porte ouverte, dérangés des moucherons sont tombés sur la table, un papillon a repris son vol autour du falot, et nos visages demeurés dans l'ombre ont paru se déformer, s'allonger démesurément sous l'effet d'une tristesse soudaine qui nous submergeait bien malgré nous.

■

Rosette et Fernand sont allés à Bône pour régulariser leur situation, et on a organisé un mariage dans notre village, c'était le premier et il fallait qu'il soit réussi, on a dressé des tréteaux et des bancs sur la place, demandé à Gaston et à Célestine de nous griller de la viande, de cuire des pommes de terre, et de nous réserver quelques barricous de vin rouge

ça a été une sacrée affaire ce mariage

on y a travaillé huit jours durant, parce qu'on a pris la peine de frapper à toutes les portes, d'inviter tout le monde, ceux que nous connaissions et ceux que nous n'avions pas eu le temps de connaître et quand le grand jour est arrivé je me suis levée à l'aube, ai réveillé Rosette qui avait dormi chez nous pour la dernière fois, et je lui ai dit

— Rosette, c'est l'heure

elle a ouvert de grands yeux heureux, des yeux comme je n'en avais pas vu dans le village depuis longtemps, et elle m'a tendu ses bras

— Séraphine

nous nous sommes étreintes, caressées, embrassées, nous avions toutes les deux les larmes aux yeux, par la porte entrait la lumière d'une aube à marquer d'une pierre blanche, et les trilles perçants des oiseaux, et le chant autoritaire des coqs de basse-cour, et le piétinement étouffé des vaches et des bœufs mêlé à celui des sabots de bois des hommes qui conduisaient leurs animaux aux champs

alors que Caroline dormait à poings fermés et que Henri était déjà parti au travail, nous avons couru nous réfugier dans la cabane du jardin, versant de grands seaux d'eau sur nos corps nus et nous savonnant de la tête aux pieds jusqu'à ce que notre peau rougisse et brille, et retrouve un peu de cet éclat d'autrefois

Rosette et Fernand n'avaient rendez-vous à l'église qu'en fin d'après-midi, lorsque les travaux des champs seraient terminés, j'ai eu donc toute la journée pour préparer la mariée qui a essayé dix fois sa robe blanche commandée à Bône, une robe toute simple qui n'avait pas beaucoup de dentelle et pas beaucoup de traîne, mais qui était quand même une vraie robe de mariée, et qu'il a fallu reprendre un peu à la taille et au niveau du décolleté qui montrait trop les seins que ma sœur avait toujours eu volumineux

tout un travail

mais à six heures du soir Rosette était prête, et Fernand qui était arrivé au village dans une charrette tirée par un beau cheval piétinait dans le jardin avec Henri rentré des champs

des voisines ont noué des rubans et attaché des fleurs aux ridelles de la charrette, installé des chaises à l'arrière, et nous avons pris place, Caroline dans une robe à fleurs que lui avait trouvée sœur Catherine, moi dans cette robe bleue qui venait de France et que je n'avais jamais eu l'occasion de porter, et Rosette entre nous deux, trônant comme une reine d'Algérie sous le ciel du soir, les cheveux frisés au fer, la bouche passée au rouge, un bouquet de myosotis dans une main, l'autre saluant les gens qui sortaient sur le pas de leurs portes pour la voir passer

le cocher a fait le tour du village comme on le lui avait demandé, et c'était notre gloire à toutes les trois de nous promener ainsi habillées et coiffées entre les maisons de nos voisins, suivies par les cris joyeux des enfants, les abois des chiens, les commentaires des grands oiseaux du soir perchés sur le rebord des toits et qui penchaient la tête pour nous regarder passer

lorsque le cheval guidé par le cocher s'est arrêté devant l'église, il y avait déjà beaucoup de gens qui nous attendaient, l'abbé Monin dans sa vieille chasuble brodée d'or, arborant un large sourire qui lui fendait le visage d'une joue à l'autre, et le capitaine, le médecin, l'institutrice accompagnée de sœur

Catherine, et tant d'autres qui avaient sur le visage ce même sourire, nous avons souri à notre tour, et Henri et Fernand se sont approchés pour nous prendre par la taille et nous déposer sur le tapis étalé à la porte de l'église

— Entrons

a proposé notre abbé, et nous avons marché silencieusement jusqu'à l'autel recouvert d'un drap blanc et décoré de deux bouquets de fleurs aux couleurs vives, des palmes accrochées au plafond formaient au-dessus de l'autel comme un dais dans lequel bourdonnaient des mouches et des abeilles, et Rosette et Fernand se sont assis sur les deux chaises qui trônaient face à l'autel, pendant que femmes et hommes, femmes plutôt, s'entassaient sur les bancs, et que ceux qui n'avaient pas de place restaient dehors dans la lumière apaisée de ce soir de printemps

l'abbé ne nous a pas retenus longtemps, il a chanté avec nous l'habituel psaume qui demande au fidèle d'avoir confiance dans le Seigneur, invité la fiancée et le fiancé à échanger leurs consentements, et puis il a béni les alliances que Fernand avait apportées, et qui étaient de belles alliances en or que sa mère et son père avaient portées avant de mourir du choléra, et il a clos la cérémonie en prononçant la bénédiction nuptiale

Père Très Saint,
accorde à Rosette la plénitude de ta bénédiction :
qu'elle réponde à sa vocation d'épouse et de mère,
qu'elle soit par sa tendresse et sa pureté

la joie de sa maison.
Et accorde aussi ta bénédiction à Fernand
pour qu'il se dévoue à toutes ses tâches
d'époux fidèle et de père attentif.

les époux se sont embrassés, et la cloche que notre abbé avait reçue de Bône, et bénie, et fait installer sur un haut trépied de bois tout contre le mur de l'église, cette petite cloche en bronze qui ne manquait pas depuis un mois d'annoncer le début et la fin des messes, a sonné à toute volée pour faire savoir dans le village, et dans les sentiers de campagne, et au fond des oueds, et jusque dans les douars des Arabes que Rosette ma sœur chérie avait épousé en secondes noces Fernand Gautier

ma sœur est sortie de l'église au bras de son nouveau mari, et aussitôt Célestine leur a lancé une poignée de riz, imitée par nos plus proches voisines, il y a eu des cris de joie, des rires qui avaient des résonnances de cristal, des gens se sont précipités pour les saluer, le capitaine a voulu serrer la main de Fernand, embrasser la mariée, faire un petit discours que Rosette et Fernand ont écouté en essayant de reprendre leur sérieux, à leurs fronts la lumière du soir s'attardait avec une tendresse si particulière qu'on aurait cru que Dieu lui-même cherchait à se manifester

et ce bonheur qui nous tombait dessus sans crier gare m'a fait peur, d'un coup je me suis sentie frissonner, vaciller

mais ça n'a duré qu'une demi-seconde, je n'ai eu que le temps d'attraper la main de mon mari, l'instant d'après c'était fini, Rosette me tendait ses bras parfumés, et pour la deuxième fois de la journée nous nous sommes étreintes avec la force de deux sœurs qui n'ont jamais cessé de s'aimer

après la cérémonie

après les congratulations de toutes sortes, le ciel s'est illuminé d'un millier d'étoiles compatissantes, et la place d'un millier de lanternes et de falots, et les hommes, et les femmes, et les enfants de notre colonie agricole se sont assis aux tables pour manger la viande grillée, côtelettes, jarrets, queues, foies, rognons, et des kilos de tripes, et des kilos de saucisses qu'apportaient à grands cris Gaston et ses aides sur des planches de bois ruisselantes de graisse

— Vive les mariés !

et les hommes que le travail de la terre avait harassés se servaient le vin dans les récipients qu'ils trouvaient, verres, bols, timbales, écuelles, et buvaient à s'en étouffer le gros rouge de France qui descendait dans leurs poitrines comme un feu réparateur

nous avions tous décidé que cette nuit de noces serait à nous, et que nous ne penserions à rien d'autre qu'à manger, boire, s'amuser, poussés aux extrêmes par cette force qui en chacun de nous reprenait ses droits, nous basculait dans le bruit et la fureur du côté de la vie

— Vive les mariés !

les verres, les bols, les timbales se levaient au-dessus des tables, saluaient le bonheur d'être en vie et de le faire savoir

— Vive les mariés !

au ciel et à ses étoiles, à la lune qui s'était dérangée tout exprès et qui penchait au-dessus de nous sa tête bienveillante, au mauvais caractère de cette terre africaine qui ne perdait rien pour attendre

tout ce qui était à manger a été mangé, la viande, les pommes de terre, les légumes des jardins, les oranges et les citrons venus de Bône et d'Alger, les corbeilles d'amandes et de dattes, et le gâteau des mariés qui était une sorte de biscuit garni de crème et sur lequel Gaston avait planté un cœur en pâte d'amande, les ventres étaient pleins, débordants de gaz, les joues rouges, les yeux luisant de malice, et les cols de chemise ont commencé à s'ouvrir, les robes à se dégrafer, les ceintures à perdre deux ou trois crans, pourquoi se gêner ? et les hommes ont commencé à torcher bizarrement la graisse et le vin qui leur dégoulinaient sur le menton, rotant, pétant, crachant leur mauvaise salive, pourquoi se gêner ? il fallait profiter de ce qui nous était offert, et nous avions décidé d'en profiter

et puis l'accordéoniste a sorti son accordéon et a grimpé sur une table, accompagné d'un violoneux qu'il était allé chercher dans un autre village, et il a commencé à jouer ces airs de France que nous n'avions pas oubliés, nos têtes ont soudain été prises de vertige, nos corps se sont mis à tanguer comme des barques au milieu des flots, on ne savait plus où on était, on regardait le ciel, on regardait les pauvres cabanes de planches qui nous servaient de maisons, les nuages de mouches qui tournaient autour des os abandonnés sur les tables, Rosette et Fernand qui s'étaient mis à danser comme dansent les couples dans les bastringues de France

où étions-nous ?

et les corps des femmes n'y tenant plus ont entraîné les corps saoulés de graisse et de vin des hommes, et j'ai attrapé Henri par la main et l'ai forcé à me prendre dans ses bras et à me faire danser ces valses et ces polkas que j'aimais tant danser lorsque j'étais jeune fille et que je ne savais pas ce que me réserverait la vie

et même lorsque Rosette et Fernand se sont enfuis j'ai continué à danser, acceptant les bras des hommes qui étaient mariés et les bras de ceux qui ne l'étaient pas, acceptant les invitations de Gaston, du médecin militaire, et même du capitaine qui a valsé longtemps avec moi, me tenant la taille à pleines mains et serrant fort son corps de militaire contre le mien

où étions-nous partis ?

et on a encore bu le vin que nous servait Gaston, pendant que les enfants terrassés de fatigue s'endormaient sur les tables, et on a encore mangé les restes de viande et de gâteau dans les lumières mourantes des lanternes et des falots qui s'éteignaient les uns après les autres

et on a encore dansé, et dansé, et dansé

et aux premières lueurs de l'aube l'accordéon et le violon recrus de fatigue ont arrêté de musiquer, il n'y avait plus d'hommes pour faire valser les femmes, ils ronflaient sous les tables, contre les murs, dans la poussière, ivres d'un vin qu'ils n'étaient pas près d'oublier, retrouvant Célestine je me suis assise à côté d'elle sur le banc où dormait toujours Caroline, et tout en remettant mes espadrilles je lui ai demandé

— Dis-moi, Célestine, j'aimerais bien savoir le nom de ce garçon frisé avec qui tu n'as pas arrêté de danser ?

— C'est Joseph, un ami de Fernand, il vit à Bône

— Et il fait quoi ?

— Il est cordonnier

ses doigts pressaient machinalement le gras de ses cuisses

— Vous allez vous revoir ?

— Je crois, il faut bien que je pense à me remarier moi aussi

elle a jeté un œil dans ma direction, et comme elle s'est aperçue que je souriais, elle a souri aussi

Henri nous a rejointes après avoir payé les deux musiciens, et en découvrant ce qui traînait par terre et sur les tables, il a dit

— On va d'abord dormir, on nettoiera la place plus tard

Célestine tout comme moi avons secoué la tête, Henri a pris dans ses bras Caroline, tourné une dernière fois la tête en direction du fouillis des tables maculées de taches et encombrées de déchets, et puis on est rentrés chez nous, chassant les chiens qui venaient dans nos jambes se disputer les os

— Où est ton fils ?

a demandé Henri

— Il a voulu rentrer et se coucher

— Il ne s'est pas amusé ?

Célestine a levé la tête, observé en soupirant le ciel où les étoiles et la lune étaient en train de disparaître, comme si elle cherchait dans les parages de ces immensités une réponse à la question, et n'en trouvant pas elle a dit

— Je ne sais pas.

(BAIN DE SANG)

Nous avons grossi, pris du poids, de la bedaine

et le jour où nous quittons le fondouk, le capitaine Landron tout comme nous autres avons des allures d'ogres repus, gavés du sang des bêtes chassées tous les jours et de la chair tendre et odorante des moukères

il a regroupé tout le monde dans la cour baignée de soleil, ses soldats, son harem de moukères, les têtes dures des bourricots, les vieux et vieilles à l'échine torse, les moutards envahis de vermine, et il nous montre tout fier sa tignasse de lion, notre capitaine, sa formidable chevelure bouclée qu'il n'a pas coupée depuis trois mois, et qui lui cache le front et les oreilles, descend dans son cou de taureau bâfreur, et couronne de manière grandiose sa face bouffie de graisse où nagent ses deux gros yeux ensanglantés

— On reviendra

tonne-t-il

— On reviendra, c'est sûr ! soyez prêts, les bourricots ! tenez bien au chaud vos moukères pour l'année prochaine, ah nom d'un bordel ! je vais les regretter, ces femelles !

il veut grimper sur son cheval, et comme il a du mal il faut l'aider, le pousser au cul pour qu'il y arrive, et tous ces efforts lui remuent les boyaux, échauffent sa carcasse qui bouillonne, il souffle comme une carne, le sang lui monte si vite au visage qu'on dirait qu'il va éclater, notre capitaine, mais une fois bien d'aplomb sur sa selle, les bottes calées dans les étriers, ça va tout de suite mieux, il retrouve d'un coup sa fierté, bombe le torse, demande avec son autorité habituelle qu'on lui apporte sa gandoura lavée dix fois dans les eaux des montagnes pour que sa blancheur impose le respect aux traîne-misère qu'il pacifie, il s'en couvre les épaules, laisse retomber les pans sur la croupe du cheval, éperonne la bête qui se dresse sur ses pattes arrière en hennissant

c'est si beau à voir que notre peau boucanée de guerriers en frissonne, parce que si la terre et le ciel sont à notre capitaine, et ils le sont, par le pouvoir de son sabre dominateur j'affirme qu'ils le sont, cette terre et ce ciel sont aussi à nous autres

et pendant que le cheval retombe sur ses quatre fers, les femmes de son harem pleurent son départ, versent des larmes sur les sabots de la bête et le cuir des bottes militaires

— En avant, soldats

lancé à l'adresse de la lumière qui envahit le ciel, l'ordre met en branle notre colonne, et sans un regard pour les moricauds qui nous ont si bien servis nous passons la porte du fondouk et entrons comme des rois dans la poussière et le soleil revenu nous chauffer la couenne

— Avez-vous chargé vos fusils, soldats ?

— Oui, capitaine

— Aiguisé vos baïonnettes ?

— Oui, capitaine

et nos voix d'ogres ont des vibrations de tambour qui font fuir les lézards et s'envoler les corbeaux

— Alors tenez-vous prêts, soldats, car là où nous allons gronde la révolte de ceux qui ne veulent pas payer l'impôt, qu'ils doivent pourtant à la France et dont ils devront s'acquitter qu'ils le veuillent ou non, sous peine d'être razziés, m'entendez-vous soldats ?

— On vous entend, capitaine !

il secoue sa chevelure, se redresse sur ses étriers, cherchant dans les rondeurs trompeuses des collines les signes de la révolte

— Et vous savez ce que ça veut dire, soldats ?

— Oui nous savons, capitaine !

— Ça veut dire que nous serons sans pitié, nom d'un bordel ! ça veut dire que nous n'hésiterons pas à embrocher les révoltés un à un, à brûler leurs maisons, à saccager leurs récoltes, tout ça au nom du droit, de notre bon droit de colonisateurs venus pacifier des terres trop longtemps abandonnées à la barbarie, comprenez-vous bien, soldats, ce que cela signifie ?

— Nous comprenons, capitaine !

— Je l'espère

il s'essuie la bouche avant de boire une gorgée d'eau

— Je l'espère, car il va falloir en mettre un coup ces jours prochains, je vous l'ai dit et je vous le répète nous allons là où gronde la révolte, et pour en mettre un bon coup, pour retrouver votre force de taureau, vos charges saignantes, vos ruées ravageuses, il est utile, que dis-je utile ? il est absolument nécessaire que vous perdiez du poids, que vous retrouviez vos muscles enfouis sous une couche de graisse de presque trois mois, au point que vous avez des allures d'enculeurs de mouches à viande, regardez-vous ! est-ce que je n'ai pas raison ?

— Si, capitaine, vous avez raison !

— Alors suez, foutredieu, suez votre gras jusqu'à ce que le soleil se couche, je vous ai à l'œil, mes goinfres, je veux voir vos capotes et vos frocs trempés, vos échines fumantes, et tant pis pour l'odeur bandes de saligauds, tant pis si ça schlingue dur, si ça fouette méchant, si ça rameute des colonies enragées de taons

et sous un soleil de plomb notre grande gueule de capitaine continue jusqu'au soir à nous bourrer les oreilles, jusqu'à ce que la disparition du soleil derrière l'horizon lui cloue le bec, et dans ce silence qui nous est enfin accordé il nous faut marcher pas loin d'une lieue avant qu'il se décide à lever le bras

— Halte !

il nous désigne des acacias près d'un marabout en ruine

— C'est là qu'on bivouaque, mes braves, n'avons-nous pas assez marché aujourd'hui ?

— Si, capitaine, nous n'en pouvons plus

et aussitôt on se débarrasse de notre barda, on plante les fusils dans le sable, on retire capote et shako en lorgnant de travers l'obscurité qui nous menace, il faut au plus vite allumer les feux, et sur un ordre du capitaine quatre d'entre nous partent chercher du bois, en rapportent de pleines brassées qu'on entasse sur les trois feux déjà allumés, et puis repartent entraînant avec eux d'autres bras parce qu'il faut du bois plus gros, ils vont jusque dans le lit de l'oued, découpent à la hache des arbres entiers que les crues du printemps ont déracinés

nos feux ne tardent pas à pétarader, ronfler comme dix mille forges, lancer en direction du ciel des flammes d'enfer qui vont se perdre et se refroidir dans les vastitudes douceâtres de ce crépuscule qui ne nous veut pas beaucoup de bien, c'est sûr, mais au moins on sait que ces feux entretenus toute la nuit tiendront à distance les lions du désert et les yatagans des barbares toujours prêts ceux-là à nous trouer la couenne

et pendant que nos deux cantiniers s'activent autour de leurs gamelles pour préparer le frichti, on sort les pipes, on allume le tabac tout en cherchant un coin pour poser ses fesses, et puis on entend soudain la voix du Nantais

— Mon capitaine, y a quelque chose qui va pas, Rouzec il est pas revenu de sa corvée de bois

— Qu'est-ce que tu racontes, Bourdin ?

— On l'a cherché, mon capitaine, et on le trouve pas, il a disparu

— Cherchez encore !

et on s'y met tous, on tourne, on vire, on fouille dans la lumière qui est en train de s'éteindre et qui est pleine d'ombres trompeuses, et on ne trouve rien, rien que du vide, rien que du silence

— On le trouve pas, il a disparu

— Nom d'un bordel !

s'exclame notre capitaine, et il demande à ce qu'on l'aide à remonter sur son cheval, et le sabre à la main il éperonne sa bête et part à bride abattue en direction de l'oued

nous le regardons sabrer la lumière mourante du crépuscule, il est hors de lui, le capitaine Landron, et quand il est hors de lui il vaut mieux se tenir à distance de son sabre, le cheval finit par basculer dans le creux de l'oued, et pendant ce temps où nous ne pouvons rien faire d'autre que d'attendre son retour, nous trouvons plus prudent de reprendre nos fusils et de patrouiller dans les alentours du camp

il fait presque nuit lorsque nous entendons enfin le sabot d'un cheval, est-ce celui de notre capitaine ? il faut qu'il s'approche pour l'identifier, et lorsque le cheval entre dans la lumière des feux on voit que c'est bien celui du capitaine, et que l'homme qui le chevauche n'a pas envie de rire, mais alors pas envie du tout, ses mâchoires soudées l'une à l'autre remâchent des humeurs de bouledogue, ses yeux dansent la gigue dans la lumière des flammes tant il n'en revient pas de ce qu'il vient de découvrir, ses joues cramoisies tressautent à chaque pas

— Ah les enflures !

il rugit

— Ah les sournoises crevures !

crache des glaviots fulminants, cherche un ennemi à taillader, et comme il ne trouve personne son sabre demeure à trembler de rage au milieu des braises qui s'envolent

— Ils l'ont raccourci, notre Rouzec, passé au fil de leurs yatagans ! et le plus barbare dans cette histoire c'est qu'ils ont emporté la tête, les fumiers, pour en faire quoi ? je vous le demande, pour en faire quoi, nom d'un bordel ?

on lui propose de l'aider à descendre de cheval, mais il ne veut pas notre capitaine, il veut rester en selle, dominer et sa troupe, et les feux qui ronflent, et la nuit tout entière qui a fini par s'abattre sur notre camp, parce qu'il a besoin de hauteur pour déverser sa colère, d'une position stratégique pour lancer aux quatre coins de l'horizon sa déclaration de guerre

— Qu'ils ne croient pas m'impressionner ! est-ce qu'on n'a jamais impressionné le capitaine Landron ? je vous le demande, soldats ?

— Sûr que non, capitaine !

répondons-nous d'une seule voix

— Alors ce ne sont pas quelques moricauds armés de pétoires et de yatagans qui vont m'intimider, bien au contraire ! je vais les bichonner ces coupeurs de têtes, les soigner aux petits oignons, les passer à la marmite africaine, ah ils croient me faire peur ! ah ils s'imaginent les plus forts ! ils vont voir de quelle manière un capitaine Landron se venge ! ils vont s'en souvenir jusqu'à la fin de leurs jours, s'il leur reste encore des jours à vivre ! parce que je vais épargner personne, saigner comme des cochons ces décapiteurs de chrétiens, les vieux comme les culs-de-jatte, les moukères lardées de graisse, les bossus, les pelés, les galeux, les gros comme les maigres, les borgnes unijambistes, la marmaille piailleuse et baveuse ! et pas plus tard que demain matin, je vous le dis, mes braves ! c'est le moment d'astiquer vos fusils, d'aiguiser vos baïonnettes, car à la pointe du jour je vous veux en ordre de marche, serez-vous prêts soldats ?

— Nous serons prêts, capitaine !

il secoue la tête, nous regarde comme un père regarderait ses fils, fier de reconnaître en chacun de nous la chair de sa chair, et cette reconnaissance lui calme les nerfs

— Dix hommes vont chercher Rouzec, il est dans l'oued, derrière le gros rocher couleur de craie, prenez des torches et méfiez-vous

le corps de Valentin Rouzec on l'enterre sous un acacia, enroulé dans une toile pour oublier qu'il n'a pas de tête, et Lepéreux plante une croix dans cette infâme terre d'Algérie

ensuite on s'assemble autour des feux et on mange le ragoût de pommes de terre qu'ont préparé les cantiniers.

■

Dans la grisaille du jour naissant il faut nous voir marcher au pas, en colonne quatre par quatre, dans un silence de plomb qui fait peur au soleil toujours caché derrière les montagnes

il faut nous voir

on a la gueule des mauvais jours, une haleine de forçat, l'œil en couille de taureau tant la nuit a été dure dans ces ténèbres du diable

il faut nous voir

enroulé dans sa gandoura notre capitaine rumine sa vengeance, il ne regarde ni n'entend personne, il est déjà à la manœuvre, lançant ses guerriers sanguinaires sur le village endormi sans que l'ennemi ait seulement le temps d'attraper une pétoire ou un yatagan, et il en a la bouche toute pleine de salive, le cul qui gigote d'impatience sur sa selle

et le voilà soudain qui crache les restes mâchonnés de son cigare et qui se dresse sur ses éperons pour nous montrer en contrebas d'un talus un alignement de gourbis blanchis à la chaux

— On les tient, mes braves !

s'exclame-t-il en se tournant vers nous

— On va leur montrer ce qu'il en coûte de couper la tête d'un soldat de France !

et nous dévalons le talus pour encercler le village, ignorant les ânes dans leur enclos, les roucoulades des tourterelles et les odeurs de pisse, de vermine et de rat crevé qui nous fouettent les narines

on s'immobilise, muscles tendus, œil fou, oreilles bourdonnantes, chacun essaye de récupérer son souffle mais personne n'y arrive, il faut y aller, capitaine, donnez l'ordre, libérez-nous, pour qu'enfin on se rue et qu'on saigne comme il le mérite l'ennemi

et l'ordre vient

— En avant !

et de toutes les poitrines monte le terrible mugissement de notre colère, qui enfle et déborde, secoue les murs pris soudain de tremblements, et renverse la lumière du ciel

les portes sont enfoncées, et les hommes réveillés en sursaut et qui tentent de nous barrer l'entrée de leurs gourbis sont troués comme des outres et cloués au sol, saignés à mort par les baïonnettes qui s'acharnent sur les corps, pendant que les femmes tournent en rond en hurlant, se cognent contre les murs comme des mouches prises au piège, battent des bras, trépignent en étouffant dans leurs nippes les pleurs de leur marmaille terrorisée

— Pas de quartier, soldats !

hurle notre capitaine

— Vengeons Rouzec !

son sabre, déjà rouge du sang des hommes et des femmes qu'il taillade, nous entraîne

— Vengeons Rouzec, mes braves !

nous exalte

— Vengeons-le !

nous enflamme, et ce sabre tout-puissant est le fléau de Dieu, l'arme de sa justice, et notre devoir de soldat est de lui obéir, de faire couler le sang mauvais de ceux qui s'opposent à son pouvoir

nous le vengeons, capitaine, suant la rage de nos boyaux gorgés de gnôle nous déchirons sans répit les chairs de ces corps mauvais, voyez-nous faire capitaine, et bientôt nous pataugeons dans des mares de sang qui s'étalent comme des malédictions, se rejoignent et finissent par former de bouillonnants ruisseaux, êtes-vous fier de nous capitaine ? bouillonnants ruisseaux de sang mauvais qui s'écoulent par les portes et vont rejoindre les ordures de la rue envahies de mouches à merde

oui, nous sommes sûrs que vous êtes fier de nous, capitaine

et quand nous passons à travers les portes défoncées pour

retrouver l'air libre et le soleil, quand le silence retombe sur nos épaules qui fument, quand notre cœur s'ébroue dans nos poitrines noyées de sang ennemi, c'est alors que l'envie nous vient de sortir les pipes, de les bourrer jusqu'à la gueule, d'envoyer dans nos poumons une charge de tabac à nous faire péter la cervelle, ça vaut tout l'or de ce foutu monde ces moments-là, et ceux qui ne fument pas s'en vont tranquillement égorger les ânes et ce qui leur passe sous la main, une brebis, des poules, un chien boiteux qui n'a pas le temps de s'échapper

au pas de son cheval le capitaine nous abandonne pour faire le tour du village à présent vidé de ses habitants, il parle tout seul, s'adresse aux montagnes, aux égorgeurs qu'il croit réfugiés dans la rocaille, aux corbeaux peut-être qui tournent déjà de macabre manière au-dessus des gourbis, il répète que son sabre n'épargnera personne, qu'il a le Dieu des chrétiens avec lui, et que le Dieu des chrétiens n'a pas pour habitude de pardonner quoi que ce soit à ceux qui l'offensent

— Nom d'un bordel, votre têtue caboche de moricauds finira-t-elle par comprendre ?

et sa voix d'ogre résonne dans le silence comme une voix venue du ciel

— La France a pour mission divine de pacifier vos terres de barbarie, d'offrir à vos cervelles incultes les ors d'une culture millénaire ! Que ça vous plaise ou non ! Et ceux qui refusent notre main tendue seront renversés, écrasés, hachés menu par le fer de nos sabres et de nos baïonnettes !

roule et tempête comme une charge de cavaliers, mais pas un de ces chiens ne se montre pour lui offrir sa soumission, il a beau attendre dans ses bottes de sept lieues et sa gandoura de pacha, ce qu'il attend n'arrivera jamais, nous qui avons usé nos grolles sur toutes les routes de ce foutoir à moricauds, on en est certains

on se regarde en tétant le tuyau de nos pipes, et on se dit qu'il ne faudrait pas qu'un de ces jours il tourne fou, notre capitaine, non, il ne faudrait pas, parce que si ça lui prenait de tourner fou au milieu de ces déserts de sable et de rocaille, qu'est-ce qu'on deviendrait nous autres ?

il fait encore trois fois le tour du village, gandoura au vent, crinière incendiée prise dans les rets du soleil levant, et de son sabre il menace une dernière fois les quatre coins de l'horizon, jure de fendre en deux cette foutue terre d'Afrique, d'éventrer les montagnes, d'assécher les oueds tout comme les puits

ensuite il immobilise son cheval tout écumant et nous crie

— Foutez-moi le feu à tout ça ! razziez mes braves ! razziez tant que vous pouvez

et il ne nous faut que le temps de cet ordre pour fourrer le tabac dans nos poches et commencer notre razzia, c'est la ruée, l'infernale et alléchante ruée qui nous fait bander dans nos frocs, nom de Dieu de nom de Dieu, et nos mains féroces éventrent les sacs et les coffres, roulent les tapis, arrachent au cou ensanglanté des moukères leurs breloques, tranchent les doigts chargés de bagouzes, et les oreilles des hommes tout aussi bien que celles des femmes qui valent leur pesant d'or, vous pouvez me croire, au marché noir d'Alger

nom de Dieu de nom de Dieu !

ensuite on fout le feu aux gourbis pendant que les haches de quelques autres s'attaquent aux champs d'oliviers, aux amandiers et aux abricotiers qui sont abattus et jetés dans les flammes qui dévorent le village

deux épaisses colonnes de fumée montent au ciel en dansant une gigue funeste, et ça se voit de si loin un incendie pareil, ça promet de telles horreurs, que les fils de Mahomet doivent en pisser dans leurs falzars

non, nous ne sommes pas des anges.

■

Deux jours durant nous passons notre temps à razzier les villages qui ont le malheur de se trouver sur notre route, et la chaleur des incendies nous brûle les yeux, les cris perçants fatiguent nos oreilles, l'odeur du sang et des tripes à l'air que nous reniflons jour et nuit écœure nos narines

— N'en avons-nous pas fini, capitaine ?

— Pas encore, toutredieu ! pas encore !

nous répond-il en parcourant l'horizon d'un œil mauvais

mais le troisième jour nous ne trouvons à razzier que des villages vidés de leurs habitants, plus de rebelles, plus de moukères, plus de marmaille, et plus un seul animal à égorger pour se remplir le ventre

— Où ils sont passés nos foutus moricauds ? où ils sont allés fourrer leurs trouillardes guenilles ?

et au milieu du village le canasson du capitaine rue des quatre fers, des étincelles rageuses fusent de dessous ses sabots, il est aussi en rogne que son maître, il en veut lui aussi du Berbère à éventrer, ça lui plaît de patauger dans le sang, de mordre le cul des moukères, ça le change des chevauchées où il faut filer droit entre les cuisses du capitaine

Lepéreux montre du doigt des mouvements d'hommes dans les hauteurs de la montagne

— Regardez, mon capitaine, ils sont là

le capitaine se retourne, porte une main en visière à son front pour se protéger du soleil, cligne des yeux

— Qu'est-ce qu'ils foutent dans ces rochers ?

— Il y a des grottes très profondes, mon capitaine, ils s'y sont réfugiés en attendant qu'on s'en aille

la colère l'empourpre aussitôt, sa peau déjà rouge devient violacée, et le soleil qui commence à cogner dur le fait transpirer, il a soudain la face noyée dans la sueur, la poitrine bouillonnante, les cuisses qui fument, d'un geste rageur il tend à son aide la gandoura immaculée

— Croyez-vous, mes braves, que nous allons nous laisser faire !

— Non, mon capitaine, nous le croyons pas

— Et vous faites bien de ne pas le croire, nom d'un bordel ! vous faites bien !

d'un revers de manche il s'essuie le front

— Parce que je vais leur apprendre l'obéissance, moi, à ces guenillards sanguinaires, je vais leur montrer ce qu'il en coûte de jouer les rebelles, de ne pas payer l'impôt qu'ils doivent à la France ! de collectionner les pauvres têtes de nos soldats ! mais qu'est-ce qu'ils croient, foutredieu !

ses yeux fouillent le flanc de la montagne, et la pointe de son sabre lance des éclairs en direction des fuyards

— Qu'est-ce que vous imaginez dans vos cervelles de têtards ? que la France va faire rien que pour vous des exceptions ? alors que ces campagnes de pacification ruinent les caisses du gouvernement, parce qu'il faut des dizaines de milliers de soldats, que dis-je ? des centaines de milliers de soldats pour faire entrer dans vos caboches de têtards têtus la raison de notre présence sur vos satanées terres du diable ! je le dis et je le répète, nous ne voulons que vous élever jusqu'à nous, que vous faire entrer dans notre monde à tous points de vue meilleur que le vôtre !

il doit cracher par terre pour finir son discours, pour évacuer la mauvaise salive qui l'engorge

— Et ceux qui se sont opposés, qui s'opposent et qui s'opposeront aux lumières que nous leur apportons, eh bien ceux-là, soyez-en sûrs foutredieu ! ceux-là seront exterminés sans qu'aucune pitié retienne nos sabres, nos fusils et nos baïonnettes ! et s'il faut vous exterminer l'un après l'autre des rives de la Méditerranée aux portes du désert, eh bien nous vous exterminerons !

il se tait, notre capitaine, il a dit ce qu'il avait à dire, et il en est fier de son discours, comme nous sommes fiers d'avoir un chef capable de tenir un tel discours, dans la rocaille qui nous entoure les échos de sa voix rebondissent encore et encore entre les rochers, et puis le silence reprend ses droits, nous saisit à la gorge, glisse comme une anguille dans nos oreilles, pendant que des vautours tournent sans se presser au-dessus du village abandonné, promenant les ombres de leurs ailes sur nos échines en sueur

et dans ce silence c'est un coup de feu tiré des hauteurs qui nous décide

— À la charge, mes braves !

hurle notre capitaine, hors de lui

— Pas de quartier !

en bras de chemise, et même torse nu, on s'élance à l'assaut des grottes, débarrassés du barda, de la capote, du shako, on est plus rapides que l'éclair, malgré les balles de leurs pétoires qui nous bourdonnent aux oreilles on a vite fait d'enfoncer les positions qu'ils croyaient tenir, on troue quatre ou cinq poitrines à la baïonnette et on se retrouve à l'entrée de deux grottes dans lesquelles toute la smala du village a trouvé refuge

derrière nous le capitaine arrive tout essoufflé

— Qu'est-ce qu'on fait, capitaine ?

— On ne fait rien, qu'est-ce que vous voulez qu'on fasse, nom d'un bordel ? le boyau de ces grottes est trop étroit pour attaquer, et ils le savent, les moricauds ! ils savent que si on s'enfonce là-dedans on va se prendre la mitraille de leurs pétoires en pleine poire, c'est peut-être ça le piège qu'ils nous ont tendu, et je vous jure que nous ne tomberons pas dedans !

il fait les cent pas devant les grottes, volte et virevolte, sabre avec force les buissons de myrte, fout des coups de pied dans les cailloux qui dégringolent la pente en entraînant d'autres cailloux, il met à l'épreuve son cerveau de capitaine, se torture les méninges pour trouver comment réduire à bon compte l'ennemi, car il ne veut pas perdre la face, ça non ! comment un capitaine de l'armée française pourrait-il perdre la face devant quelques dizaines de moricauds ? il ne peut pas, voilà la question réglée, il ne peut pas, il les lui faut donc raides morts ces maudits moricauds, et nous aussi il nous les faut raides morts, étripés, occis, envoyés au paradis d'Allah

et soudain voilà que l'œil de notre capitaine s'illumine, qu'un éclair diabolique lui enflamme la pupille

— J'ai trouvé, mes braves ! j'ai trouvé le tour qu'on va leur jouer à nos moricauds ! ça va calmer tous les gourbis alentour, vous pouvez me croire

fier de ce qu'il vient de manigancer, il nous rassemble autour de lui, donne ses ordres

— On va les enfumer !

— Les enfumer, capitaine ?

— Oui, les enfumer, foutre le feu à l'entrée des grottes et laisser la fumée faire le travail à notre place

et pour fuir la cruauté sans pareille des soldats, les hommes : tout aussi bien que les femmes, les enfants, les vieillards, tous ces gens avec leurs bijoux, leurs tapis, leurs théières précieuses, et leurs provisions de thé, de blé et de fruits secs, avec leurs brebis, leurs ânes et leurs chiens fidèles, tous ces gens montent bien avant l'aube se réfugier dans les grottes profondes qui tant de fois leur ont sauvé la vie, et qui ce jour-là, pour leur malheur, ne leur sont plus d'aucun secours

ça va pas recommencer les commentaires !

et sur ordre de notre capitaine c'est ce que nous faisons, deux feux d'enfer sont allumés et entretenus jusqu'à la nuit, pendant que des cris, des pleurs et des prières tentent de traverser les flammes qui barrent les entrées

pris au piège tout au fond de ces grottes par l'asphyxiante fumée des feux, ils s'écroulent les uns après les autres, cherchant désespérément pour leurs poumons torturés une échappatoire à cet enfer

suffit ! suffit ! qu'on nous foute la paix avec ces commentaires !

combien meurent de cette atroce manière ? combien auront pour seul tombeau ces grottes qui ont longtemps servi de tanières aux lions du désert ?

suffit, mille dieux ! à la guerre comme à la guerre !

mais ça nous scie les nerfs cette plainte qui sort de la bouche des grottes, ça nous donne envie de couper la gorge à ceux qui n'ont pas appris à mourir en silence, comme nous avons appris, nous autres

c'est vrai que nous ne sommes pas des anges

et cette plainte continue ne cesse qu'au coucher du soleil, lorsqu'il ne reste plus âme qui vive au fond de ces foutues grottes, alors nous cessons d'attiser les feux, alors nous les laissons s'éteindre, et dans la nuit qui vient nous redescendons la pente pour prendre nos quartiers dans les gourbis vidés à tout jamais de leurs habitants

non, nous ne sommes pas des anges.

(RUDE BESOGNE)

Croyez-vous que nos malheurs avaient pris fin ?

c'est mal connaître la barbarie que de croire l'homme capable d'en venir à bout, serait-il gouverneur de l'Algérie, général des armées, grand envoyé du Dieu des chrétiens

et malgré le sulfate de quinine, qu'il fallait payer à présent, et qui coûtait cher, et que beaucoup d'entre nous n'avaient pas les moyens d'acheter, il y avait des morts toutes les semaines, des gens qui succombaient aux fièvres chaudes, aux diarrhées, à toutes sortes de maladies sournoises, et ceux qui résistaient avaient des têtes à faire peur, la peau des joues marbrée de taches, le tour de la bouche infesté de croûtes, l'œil jauni par je ne sais quelles douleurs internes

sans relâche le capitaine nous répétait qu'il ne fallait pas perdre espoir, que nous étions sur la bonne voie, la voie que nous traçait notre bon droit

— Mes amis, œuvrant jour et nuit à vos côtés, je vois bien à qui j'ai affaire, et je ne peux que saluer votre travail, votre courage, votre patience, de colonie agricole en colonie agricole vous vous cramponnez à cette terre si ingrate, à pleines mains vous la sortez des ténèbres dans lesquelles elle s'épuisait depuis tant et tant de siècles, et vous la portez à la lumière, et vous l'ensemencez, y a-t-il plus noble tâche ?

je vous le demande mes amis, y a-t-il plus noble tâche ? croyez-moi si je vous dis que vous êtes tous ici, hommes, femmes et enfants, de la race des justes, de celle qui porte en son sein les fils généreux du progrès, ces pionniers, défricheurs, bâtisseurs qui déjà s'illustrent et bientôt rayonneront sur la totalité du sol algérien

couchés sur nos paillasses, nous pesions le pour et le contre des discours enflammés du capitaine, et moi, femme perdant ses forces un peu plus chaque jour, à genoux devant les tombes de mes deux fils, je ne pouvais pas oublier ce qu'il m'en avait déjà coûté de jouer les colons pour les beaux yeux de la République française, et j'en avais certains soirs des larmes de tristesse qui me coulaient sur les joues, d'autres soirs des larmes de rage

et pour notre malheur voilà qu'un jour le capitaine nous a tous rassemblés sur la place pour nous annoncer que les tribus des douars environnants, excités par leurs marabouts, s'étaient révoltées, avaient massacré des ouvriers, incendié quantité de récoltes, menacé des colonies agricoles

— Ils sont des centaines !

répétait-il

des centaines à galoper dans la région, hurlant comme des damnés sur leurs chevaux arabes, brandissant leurs yatagans et leurs fusils devant les remparts des villages terrorisés

— Demain peut-être ils seront chez nous

nous nous sommes tous affolés, il a fallu récupérer au plus vite les bêtes qui paissaient dans les champs, les rassembler à l'abri des granges, fermer et consolider les deux portes qui donnaient accès au village, et les trente soldats qui étaient sous les ordres du capitaine sont allés se poster sur les remparts, le fusil chargé, l'œil aux aguets

j'ai passé la nuit à mal dormir, à écouter les bruits, mon cœur s'emballant au moindre craquement, au piétinement d'un oiseau sur le toit, à l'aboi d'un chien, et je ne pouvais pas m'empêcher de penser à ma sœur et à son mari, isolés tous deux dans leur ferme, ne pouvant compter sur aucun secours si par malheur des insurgés les attaquaient, ce n'était pas le fusil de chasse de Fernand qui ferait peur à ces fous furieux, alors que leur arriverait-il ? je tournais et me retournais dans le lit sans oser répondre à la question, si bien qu'aux premières lueurs du jour je me suis levée, habillée, et sans oser réveiller Henri je suis sortie dans la rue, j'ai couru jusqu'au rempart, grimpé l'échelle qui menait au chemin de ronde, retrouvé les soldats de garde, et des hommes, et des femmes qui, comme moi, n'avaient pas réussi à dormir

— Alors ?

— Alors rien

a répondu un soldat

la campagne autour du village était calme, deux chiens erraient sur le chemin qui menait au cimetière, des corbeaux cherchaient des vers dans le champ labouré de Tavernier

— Il ne faut pas se fier à ce qu'on voit

m'a dit la mère Ferrand, une grande gueule à qui rien ni personne ne faisait peur, et que les colons respectaient parce qu'elle avait la réputation d'avoir tué de ses propres mains deux Arabes voleurs de mules

— Pourquoi ?

lui ai-je demandé

— Parce que c'est justement quand on ne le voit pas et qu'on ne l'entend pas que l'ennemi est le plus dangereux, qui vous dit qu'il n'est pas caché derrière les collines, attendant la bonne heure pour nous tomber dessus ?

elle avait raison la mère Ferrand, le soleil n'avait pas encore atteint le toit de nos maisons que plus de cent cavaliers sont soudain apparus au sommet d'une crête et ont dévalé la pente, criant, agitant leurs armes au-dessus de leurs têtes, nous montrant leur colère et l'envie qu'ils avaient de tous nous égorger

un clairon a sonné pour prévenir le village, et tous les hommes sont accourus, le fusil à la main, pendant que le capitaine criait aux femmes et aux enfants de rester dans les maisons, j'ai croisé Henri qui rejoignait avec d'autres hommes les remparts

— Célestine s'est réfugiée chez nous avec son fils, et Caroline n'a pas voulu sortir de son lit, dépêche-toi de la rejoindre

— Henri ?

je l'ai retenu par la manche, et il m'a regardée comme s'il avait déjà compris ce que j'allais lui dire

— Ne te fais pas tuer

il a hoché la tête, marmonnant dans sa barbe quelque chose que je n'ai pas compris, et il est reparti en courant alors qu'on entendait se rapprocher les cris fanatiques des révoltés

toute la journée les chevaux des Arabes ont galopé autour

des remparts, tirant des coups de fusil qui rataient souvent leur cible, mais qui ont quand même fini par blesser trois colons et un soldat, aussitôt transportés dans la taverne de Gaston transformée en infirmerie, et c'est le médecin, sœur Catherine et l'institutrice qui ont extrait les balles, nettoyé et pansé les plaies de ces blessés, et qui ont aussi calmé les nerfs des femmes qui se présentaient affolées à la porte de la taverne, et qu'il fallait rassurer en attendant le rapport du capitaine

à la nuit tombante les cavaliers ont cessé de nous harceler, ils ont allumé des feux et se sont préparés à passer la nuit à quelque distance de nos remparts

sur la place de l'église où les hommes comme les femmes s'étaient rassemblés, le capitaine a pris la parole, fait le bilan d'une journée épuisante, où il avait fallu repousser l'assaillant qui cherchait par tous les moyens à ouvrir une brèche dans les remparts, mais nous n'avions eu que quatre blessés alors que nos fusils avaient tué au moins dix Arabes, c'était un bon bilan, et le capitaine nous a remerciés d'avoir si bien combattu, se gardant toutefois de crier victoire, car il était conscient que notre résistance avait ses limites, que nous n'étions pas assez nombreux pour faire face longtemps aux assauts des révoltés

— Aujourd'hui ils étaient cent, demain peut-être seront-ils trois cents ou mille à se ruer sur notre village

j'ai porté la main à ma poitrine, en même temps que la plupart des femmes, geste instinctif pour nous autres qui imaginions facilement le sort qui nous serait réservé si ces barbares s'emparaient de nos corps, un lourd silence est tombé comme du plomb sur nos épaules, nous asséchant la bouche et nous empêchant presque de respirer, avant que quelqu'un demande

— Alors qu'est-ce qu'on peut faire ?

le capitaine s'est redressé, l'œil soudain réveillé

— À minuit j'envoie un soldat sur notre meilleur cheval galoper jusqu'à Bône et prévenir le commandant, et demain soir au plus tard un escadron sera là pour tailler en pièces ces fanatiques

et lorsqu'il a fait suffisamment nuit, le soldat Bizot qui s'était porté volontaire a sauté sur le cheval que lui avait réservé le capitaine et profité de ces ténèbres bienvenues pour se faufiler entre les lignes ennemies et galoper à bride abattue jusqu'à Bône

la nuit a été courte, Célestine et moi avons couché nos enfants, préparé à manger et à boire pour ceux qui étaient de garde sur les remparts, et Henri a patrouillé avec deux voisins dans les rues, tous les trois armés de fusils, surveillant les maisons et les granges jusqu'à l'aube, sans que jamais un bruit ou une ombre ne les alerte

la vie s'était arrêtée, à l'extérieur comme à l'intérieur des maisons, et le silence qui avait pris sa place était inquiétant, on se demandait pourquoi les grillons ne chantaient plus, pourquoi les oiseaux ne piétinaient plus nos toits, pourquoi les chiens n'aboyaient plus, était-ce de mauvais présages ? Célestine et moi n'en doutions pas, si bien que l'une comme l'autre, alors que la fatigue nous coupait les jambes et nous brûlait les yeux, nous n'avons pas réussi à trouver le sommeil et le lendemain matin la cavalcade a repris autour des remparts, le soleil n'était pas encore levé que la rage des insurgés se déchaînait de plus belle, cris rauques de fauves, ricanements de hyènes, coups de fusil, ils n'étaient pas mille à tourner autour du village, mais beaucoup plus que la veille, peut-être trois cents, et les femmes ont commencé à se dire que si les renforts n'arrivaient pas très vite on allait tous se faire tuer

deux fois Henri a surgi dans la maison, rouge d'excitation, le cheveu poussiéreux, l'œil exorbité, les mains couvertes de sang

— Donne-moi à boire, je n'en peux plus !

je me suis dépêchée de lui tendre le pichet

— Tu es blessé ?

— Non, c'est Bidault qui s'est pris de la chevrotine dans le ventre

— Il est mort ?

— On l'a porté à l'infirmerie

il a bu toute l'eau du pichet, est reparti en courant du côté de la première porte que les Arabes cherchaient à enfoncer

je crois que nous n'aurions pas tenu une heure de plus si le clairon de l'escadron ne s'était pas brusquement fait entendre, on s'est tous précipités sur le chemin de ronde des remparts et on a vu surgir de la brume de chaleur les tuniques rouges des spahis conduits par un capitaine qui a lancé aussitôt sa troupe sur ces enragés burnous qui nous assiégeaient depuis hier, et à coups de sabre nos soldats les ont massacrés, ouvrant des poitrines, coupant des têtes, tranchant des mains qui nous avaient déjà fait trop de mal, et très vite ceux qui étaient encore en vie se sont enfuis, poursuivis par le sabre vengeur du capitaine et de sa troupe

on a aussitôt rouvert les portes d'accès au village en criant notre joie d'être encore en vie, on a fait entrer les soldats hors d'haleine et leurs chevaux couverts d'écume, et aux hommes on a servi du vin frais et aux chevaux de l'eau et de l'avoine, les deux capitaines se sont salués, et l'escadron est reparti vers les autres villages eux aussi menacés

le soir même on a enterré dans une fosse commune les corps mutilés des Arabes, craignant que la chair saignante attire les lions et autres panthères toujours en chasse, et les jours suivants on a consolidé les parties du rempart mises à mal par les assaillants et repris nos travaux dans les champs saccagés

— Tu crois qu'on vivra un jour en paix ?

j'étais assise sur une pierre et je suivais le vol d'un vautour qui tournait en rond, je n'osais pas dire à Henri combien je me sentais fatiguée

— C'est fini, Séraphine, les insurgés sont rentrés dans leurs gourbis, et les plus féroces ont été tués

— Ma sœur ne m'a pas donné de nouvelles

— Elle t'en donnera bientôt

a répondu Henri, s'acharnant toujours sur les racines d'un palmier nain

— Je n'en suis pas si sûre

— Pourquoi tu dis ça ?

— J'ai un mauvais pressentiment

et j'avais bien raison de m'inquiéter, parce que deux jours plus tard le convoi qui arrivait de Bône nous a donné de très mauvaises nouvelles, un marchand a raconté avec force détails le comportement des insurgés dans les campagnes, brûlant les récoltes, incendiant les maisons, massacrant d'horrible manière des familles entières de colons

— Les fermes des familles Cyprien, Gautier, Pigeon, Dagas et Aubry ont disparu dans les flammes, et pas un habitant n'a été épargné par le yatagan de ces fanatiques

— Gautier, vous avez dit ?

j'espérais avoir mal compris

— Oui, la ferme Gautier, celle qui avait deux grands pigeonniers

Henri était à côté de moi, je me suis appuyée sur son bras, et je lui ai dit

— Viens, rentrons

je croyais avoir la force d'atteindre la maison, mais je me trompais, à mi-chemin ma vue a commencé à se brouiller, la lumière de ce funeste soir d'été à s'obscurcir, je me suis arrêtée, essayant de calmer les battements de mon cœur et de reprendre ma respiration, mais je n'y suis pas arrivée, et d'un coup mes jambes se sont dérobées sous moi et je me suis évanouie.

■

Lorsque j'ai rouvert les yeux, j'étais dans mon lit, Célestine me tenait une main et Caroline l'autre

— Tu vas mieux, maman ?

j'ai regardé le visage tout chiffonné de ma fille et lui ai fait signe de s'approcher, elle s'est penchée au-dessus de moi et je l'ai prise dans mes bras pour l'embrasser

— Oui, je vais mieux

mais ce n'était pas vrai que j'allais mieux, comment aurais-je pu aller mieux alors que ma sœur venait de mourir ? et de mourir dans des souffrances qu'il était inadmissible d'infliger à un être humain, puisque nous savions depuis longtemps ce que ces monstres sanguinaires, soi-disant poussés par leur Dieu qui n'admettait pas qu'un roumi souille ses terres, étaient capables de faire à nos corps de chrétiens pour lesquels ils n'avaient et n'auraient jamais aucun respect

péniblement je suis sortie du lit, et avec Célestine nous avons mis la table en attendant Henri qui était allé soigner son bœuf et ses chèvres, dans le jardin Caroline et Gérard lançaient des graines aux poules

nous avons mangé la soupe en silence, personne ne trouvait quelque chose à dire, pas plus Célestine qu'Henri qui me surveillait du coin de l'œil en craignant que je m'évanouisse une deuxième fois, c'était pesant ce silence, j'aurais bien voulu qu'on me parle de la pluie ou du beau temps, mais c'était trop demander sans doute, et à la fin j'ai fini par dire

— Où elle est enterrée, ma sœur ?

ils ont tous les quatre levé la tête, comme si je posais la question qu'il ne fallait surtout pas poser

— On va se renseigner, Séraphine, mais avec ces chaleurs les soldats enterrent généralement les corps sur place m'a répondu Henri, et il a posé sa main sur mon épaule pour me rassurer

— Et moi je veux récupérer son corps et l'enterrer à côté de nos deux garçons, j'ai bien le droit, non ?

— Oui, Séraphine, tu as le droit, et c'est ce qu'on va faire, tu peux compter sur moi

j'ai passé cette première nuit les yeux grands ouverts, chassant les moustiques qui me tournaient la tête, m'enivrant de la plainte douloureuse des grillons, des gémissements continus des chiennes en chaleur, au point que bientôt j'ai perdu le contrôle de mon ventre, de mes membres, et de ma chair tout entière

sainte et sainte mère de Dieu

et empoigné malgré moi les hanches d'Henri, et basculé son corps sur le mien pour qu'il me prenne, me déchire, me tue, et c'est ce qu'il a fait, sans bien comprendre ce qui lui arrivait

sainte et sainte mère de Dieu

me labourant le ventre jusqu'à ce que nous jouissions tous les deux comme peut-être nous n'avions pas joui depuis une éternité, et c'est après que je me suis endormie, que j'ai pu clore les paupières et oublier ce monde, oui c'est après.

■

Avec une des charrettes du village et accompagnés de soldats nous sommes allés chercher le corps de ma sœur, partant très tôt le matin, à la fraîcheur de l'aube on était assis dans la charrette, et Henri tenait les rênes de la mule que Gaston Frick nous avait prêtée, les soldats étaient à pied devant et derrière nous, se méfiant des buissons, des arbres et des rochers derrière lesquels pouvait être embusqué un fanatique, bien que le capitaine nous ait affirmé qu'il n'y avait plus rien à craindre, que l'armée avait fait son travail qui était de ramener la paix dans la région, tuant suffisamment de révoltés pour qu'il ne prenne pas l'envie aux douars des alentours de reprendre les armes

le soleil était déjà haut dans le ciel lorsque nous sommes arrivés sur les terres que travaillait Fernand, tout en haut du tertre où avait été construite la maison il ne restait que des cendres, les deux pigeonniers en bois avaient brûlé entièrement, ainsi que les granges, des morceaux de poutres calcinées se mélangeaient à des crânes d'animaux, des ferrailles, des restes d'outils, à ce qui ressemblait au soc de deux ou trois charrues, et dans les deux pièces principales construites en brique où ma sœur et Fernand devaient vivre, demeuraient des pans de mur noircis par le feu, l'armature d'un lit, une table et quatre chaises qui n'avaient plus leurs pieds

deux hommes vêtus de guenilles rapiécées traînaient leur âme en peine dans ce qui restait des champs de blé et d'avoine dévorés eux aussi par le feu, et nous voyant ils se sont avancés, aussitôt mis en joue par les soldats

— N'ayez pas peur, m'sieur-dame ! on vous veut pas de mal, on a travaillé un peu par ici, moi et mon cousin, le patron il nous payait pour garder les vaches je leur ai fait signe d'approcher

— Je suis la sœur de Rosette, vous la connaissiez ?

— Bien sûr qu'on la connaissait la femme du patron ! elle était brave avec nous, et ça nous a déchiré le cœur quand on est arrivés le matin pour travailler et qu'on a vu qu'il restait rien de la ferme, mais alors rien du tout, tout avait brûlé, les animaux comme le reste, et je préfère pas vous dire dans quel état on les a retrouvés, Fernand et Rosette, ça je préfère pas vous le dire

il a tourné la tête pour regarder ailleurs et se moucher dans ses doigts

— Où sont-ils enterrés ?

— Sous l'arbre, là-bas

ils nous ont fait signe de les suivre

— Les soldats, ils avaient apporté des cercueils et des pelles, parce que c'était pas possible de transporter ce qui restait des corps, avec la chaleur et tout ça c'était pas possible, alors ils ont mis les restes dans les cercueils et ont creusé deux trous dans la terre

le cousin s'est arrêté, nous a montré les tombes avec sa main

— C'est là

c'était là en effet, c'était là que ma sœur et son mari reposaient, une croix avait été plantée dans la terre meuble, et au milieu de la planche horizontale clouée sur la planche verticale quelqu'un avait gravé le nom de famille, Gautier, comme s'il fallait en dire le moins possible sur ce qui s'était passé ici j'ai enfoncé les ongles dans les paumes de mes mains, parce que j'avais envie de crier et qu'il n'était pas possible de le faire devant ces hommes

Rosette, pardonne-moi de t'avoir entraînée, toi ma pauvre sœur qui n'avait pas d'ambition, qu'un rien contentait, toi que j'ai poussée à traverser la Méditerranée alors que Louis t'offrait sa terre en Bourgogne, un carré de vigne qui aurait suffi à te rendre heureuse pour le reste de ta vie, Louis est mort, et à présent c'est toi qui meurs avec ton deuxième mari

et la rage de ces ongles plantés dans ma chair était telle que je ne sentais plus mes mains

j'ai fini par dire aux deux hommes

— Vous pouvez nous aider à déterrer les cercueils ?

— Bien sûr, m'dame

Henri a distribué les pelles et les pioches, et il ne nous a pas fallu longtemps pour sortir de la terre fraîchement remuée les deux cercueils de bois blanc, on les a transportés dans la charrette, donné quelques sous aux deux malheureux, et appelé les soldats qui s'étaient regroupés sous un chêne-liège pour fumer leur pipe

le retour a été encore plus triste que l'aller, il faisait chaud sur la route sans ombre, la mule baissait la tête en tirant sur les bras de la charrette dont les roues résistaient et grinçaient à chaque tour, les soldats passaient leurs nerfs sur les mouches impossible à chasser, et pendant qu'Henri aspirait à grands coups la fumée de sa pipe, plissant les yeux pour atténuer l'éclat de la lumière qui lui brûlait les yeux, je ruminais ma rage, transpirant en silence sous mon chapeau de paille, sans chercher à éponger la sueur qui m'inondait le front et coulait sur mes joues, sur mes mains, comme si j'étais en train de pleurer alors que je ne pleurais pas, que j'avais fait tous les efforts possibles pour ne surtout pas pleurer

sainte et sainte mère de Dieu, pardonnez-moi ma fierté, et pardonnez-moi ma rage

les soldats nous ont quittés à l'entrée du village, et Henri a pris la route qui contournait le rempart pour rejoindre le cimetière

des voisins avaient déjà creusé deux trous à proximité des tombes de mes fils, et ceux qui nous connaissaient, qui appréciaient notre voisinage étaient là, attendant à l'ombre des arbres notre retour, et dans le silence de ce soir salué comme chaque soir par le vol désordonné de milliers d'oiseaux qui profitaient sans se gêner de la liberté du ciel, insouciants à jamais du malheur des hommes, Gaston, Saturnin, Antonio, Adrien, et le Bobi, et le Jacquou, et l'Albin, tous s'y sont mis pour transporter les deux cercueils entre les tombes qui étaient de plus en plus nombreuses, qui poussaient à la vitesse du chiendent, au point que le cimetière aurait bientôt plus de morts allongés dans la terre que le village n'avait de vivants, César, Vincent, Jeannot, tous s'y sont mis pour les déposer avec le plus de précautions possible au fond des deux trous

— Au nom du Père, du Fils et du Saint-Esprit

le curé a prononcé les paroles d'usage, secouant son goupillon au-dessus des cercueils, mais je ne l'écoutais pas, pas plus que je n'ai écouté celles et ceux qui marmonnaient leurs condoléances en me serrant fort les mains, qu'est-ce que j'aurais pu répondre ? j'avais les mâchoires soudées l'une à l'autre, les yeux secs et comme épinglés sur mon visage, alors j'ai laissé faire les pelles qui recouvraient de terre les cercueils dans un bruit que je commençais à bien connaître, à trop bien connaître, et que mes oreilles ne pouvaient plus supporter

ce bruit de la terre meuble et des cailloux heurtant le bois d'un cercueil, cet éboulement vengeur auquel étaient condamnés tous nos corps à plus ou moins brève échéance

alors j'ai laissé faire les gens qui s'en sont retournés au village en courbant la tête, et lorsqu'il n'est plus resté qu'Henri et moi, j'ai pensé qu'il était temps de nous agenouiller devant les tombes de nos deux fils, de Rosette, de Fernand et de Louis, hommes, femme et enfants qui avaient partagé nos vies au quotidien, que nous avions aimés et qui nous avaient aimés, oui, qu'il était temps de nous agenouiller et de nous excuser pour le mal que nous leur avions fait

et nous nous sommes agenouillés, et nous nous sommes excusés

— Nicolas, François, et toi ma sœur chérie, et vous Fernand et Louis

ai-je commencé en cherchant dans ma bouche la salive qui manquait à mes mots

— Nous vous demandons, Henri et moi, de nous excuser pour vous avoir entraînés dans cette aventure, pas toi Fernand qui t'es fourré tout seul dans ce bourbier, mais vous mes deux fils, et toi Rosette, et ton mari qui voyait d'un mauvais œil la traversée de la Méditerranée, pardonnez-nous de ne pas avoir tenu compte de vos avis, Maman ! maman !

on veut pas y aller ! Et pourquoi, mes fils ? Parce que ça nous fait peur les lions du désert ! et puis les chameaux ! et puis les Arabes qui sont pas comme nous ! ô mes fils pardonnez-nous d'avoir été aussi têtus, Henri et moi, je sais maintenant qu'il ne faut jamais s'entêter, que ça porte malheur de s'entêter, et que quand tout va mal il vaut mieux rentrer chez soi, et c'est ce que nous allons faire, rentrer chez nous, parce que la pauvre Caroline n'en peut plus, qu'elle a une mine à faire peur, des yeux qui se sont enfoncés si profondément dans leurs orbites que je me demande tous les matins si son corps tiendra le coup une journée supplémentaire

— Tu es sûre de vouloir rentrer, Séraphine ?

a dit Henri

— Tu es sûre ?

mais je ne l'entendais pas, préférant continuer mon discours

— Parce que toi aussi tu n'en peux plus, Henri, que ta peau jaunit et se fripe de fatigue, que ta poitrine se creuse, que tes yeux s'enfièvrent au contact des moustiques, et que moi-même, dois-je le répéter ? je suis au bout du rouleau, n'arrivant même plus à trouver le sommeil, à manger lorsqu'il faudrait manger, à rire lorsqu'il faudrait rire, si nous ne partons pas, Henri, si nous ne partons pas au plus vite le palu finira par nous attraper, et si ce n'est pas le palu ce sera le choléra qui n'en a pas fini avec nous, et qui reviendra un jour ou l'autre au village pour terminer le travail qu'il a commencé

j'ai fixé le bord enflammé de l'horizon où le soleil avait disparu, cherchant dans cet espace offert les traces de ce qui nous menaçait

— Regarde-toi Henri, et regarde-moi, ne vois-tu pas ce que nous sommes en train de devenir ? des guenilleux, des loqueteux, des épaves, et plus que des épaves, des ombres d'épaves, cette terre d'Algérie nous mange le corps, malheur de malheur ! les poumons, le foie, les boyaux du ventre, te rends-tu compte Henri ! et les reins, et le cœur, et bientôt elle dévorera notre âme avec le même appétit

cherchant avec rage, et faisant le compte des échappatoires possibles jusqu'à la mer.

■

Trois mois m'ont suffi

et sans que le capitaine réussisse à nous faire changer d'avis, nous avons signé l'acte de renonciation à notre concession et nous sommes partis

abandonnant Célestine et son fils Gérard, notre bœuf, nos champs de blé et d'avoine, notre jardin où j'avais réussi à faire pousser des tomates et des carrés de menthe, abandonnant celles et ceux qui ne voulaient pas s'avouer vaincus et qui nous disaient

— On va s'en sortir, restez !

— Non, on rentre en France

— Restez, que diable !

— Non

devant les tombes de mes deux fils et de ma sœur que j'avais tués, j'ai promis de revenir le plus tôt possible pour rapatrier leurs corps en France et leur donner dans un cimetière chrétien le repos qu'ils méritaient au fil des jours qui restaient à passer au village on a vendu tout ce qu'on a pu vendre, ça n'a pas fait beaucoup d'argent mais c'était suffisant pour payer les billets du bateau que nous devions prendre à Bône

on a voulu frapper à toutes les portes, dire au revoir à nos pauvres amis colons de la première heure, et on a embrassé les joues creuses de ceux qui restaient, pleuré avec eux pendant qu'ils nous tenaient serrés contre leur cœur, rendu visite au capitaine, au médecin militaire, à sœur Catherine, et à l'institutrice qui avait déjà perdu ses belles joues, et tôt le lendemain matin on a grimpé dans une des carrioles du convoi qui rejoignait Bône, enroulée dans une couverture Caroline dormait encore, blottie contre moi, et je n'ai pas eu le courage de la réveiller pour qu'elle voie une dernière fois le village et le cimetière où étaient enterrés ses frères

la journée a filé comme filent les journées de voyage

et en fin d'après-midi nous étions tous les trois sur le pont du *Sinaï*, un vapeur qui rejoignait Marseille, le golfe était calme, le ciel sans nuage, nous avons regardé la rade de Bône s'éloigner, alors que s'allumaient les feux du soir, et puis le *Sinaï* est entré dans la nuit noire

a plongé plutôt, proue, ponts et cheminées, dans les ténèbres purificatrices de la mer Méditerranée

comme s'il fallait en passer par là pour sortir de l'enfer.

■

est-ce que je dois le dire ?

jamais je ne suis retournée en Algérie pour récupérer les corps de ceux que j'avais tant aimés.

« un matin, la gueule rageuse de l'enfer qui nous avalait depuis des semaines s'est brusquement refermée »

Ce livre a été imprimé en juillet 2024
par les imprimeries Liberduplex, Espagne,
pour la collection Météores.

Conception graphique de la collection : Oskar
ISBN : 978-2-37055-438-3 | d.l. : octobre 2024

M 55